南宮匠人

남궁장인

ORIENTAL FANTASY STORY & ADVENTURE

신현재 신무협 장편소설

dream
books
드림북스

남궁장인 4

초판 1쇄 인쇄 2016년 7월 19일
초판 1쇄 발행 2016년 7월 29일

지은이 신현재
발행인 오영배
기획 박성인
책임편집 편집부
제작 조하늬

펴낸곳 (주)삼양출판사 · 드림북스
주소 서울시 강북구 도봉로 173
대표 전화 02-980-2112 **팩스** 02-983-0660
편집부 전화 02-980-2116 **팩스** 02-983-8201
블로그 blog.naver.com/dreambookss
출판등록 1999년 3월 11일 제9-00046호

ISBN 979-11-313-0679-6 (04810) / 979-11-313-0600-0 (세트)

드림북스는 (주)삼양출판사의 판타지 · 무협 문학 브랜드입니다.

목 차

南宮匠人

第一章

장인 대 모집!

　섬서의 북쪽, 남궁장인가가 매일매일 외적으로 발전을 거듭하는 동안 내적으로도 변화가 이루어지고 있었다.

　장원을 넓히고 건물을 늘렸으니, 이제 그 자리에 사람을 채우는 것이 필요했다.

　특히 남궁장인가의 주 수입원을 담당하고 있는 대장간에 대대적인 인원 확충이 시작됐다.

　공방부의 수장인 남궁규원과 남궁혁의 결정에 따라 민도영이 중원 북부에 대장장이를 모집한다는 방을 붙이자, 해당 지역의 대장장이들 사이에서는 난리가 났다.

　중원 북부에서 남궁장인가는 장인들에게 있어 일종의 꿈

과 같은 장소였다.

지금까지 대장장이들은 무림에 있어 필수적인 요소라는 이유로 어느 정도의 대우를 받기는 했지만, 그렇다고 그것이 엄청나게 대단한 수준은 아니었다.

자기 대장간을 가진 사람들에게 무림 문파와의 고정 거래는 분명 득이 되는 일이다.

그 자체로도 양질의 무기를 생산한다는 인증이 되는 데다가 꾸준한 수입원이 되니까.

일반 장인들에게도 무림 문파 소속의 장인이 되는 것은 자기 공방을 가지는 것 다음으로 경력이나 기술면에서 도움이 되었다.

그러나 장인은 장일일 뿐이다.

실력이 있는 장인이라고 해서 언제나 양질의 무기를 생산할 수는 없었다.

실수로 안 좋은 무기가 하나 납품되기라도 하면 다음 거래를 보장할 수 없었다.

무림 문파 사이에서의 소문은 순식간에 퍼져 나간다.

한 문파에서 안 좋은 평가를 받았다면 무림에서 장인으로 살아가는 것은 포기해도 좋을 정도다.

관과의 거래를 뚫지 않는 이상 실력이 있어도 별로 돈이 안 되는 철물이나 만지작거리고 사는 신세가 되는 것이다.

게다가 비무에 패배한 경우, 그 책임을 장인들에게 묻는 경우도 잦았다.

　자신의 부족한 실력보다는 도구의 탓을 하는 것이 훨씬 마음 편하니까.

　이런 치졸한 짓은 정사를 막론하고 빈번하게 일어났다.

　아무리 몸과 마음을 수련하기 위해 시작된 것이 무공이라지만, 도가와 불가의 제자들도 속세의 미망을 쉬이 끊지 못하는데 혈기가 들끓는 무인들에게 그것을 바라는 것은 요원한 일이었다.

　이쯤 되면 차라리 이상한 물건을 납품해 일거리가 끊기는 게 나을 지경이었다.

　돈도 돈이지만 목숨 줄이 끊기는 것보다는 나으니까 말이다.

　대체로 이런 화풀이를 하는 이들은 일류도 되지 못한 실력을 가진 경우가 허다했지만, 무공은커녕 자기가 만든 검을 휘두르는 법도 모르는 장인들에게는 엄청난 공포의 대상이었다. 그럼에도 불구하고 무기를 제작하는 것은 대장장이가 부와 명예를 얻을 수 있는 가장 좋은 방법이었기에 이를 쉽게 그만둘 수는 없었다.

　그러던 와중에 남궁장인가가 무림에 등장한 것이다.

　대장장이가 중심이 되어 실력만큼의 대우와 보호를 보장

하는 가문.

가주와 소가주가 대장장이이며, 그중 가문의 중심이라는 소가주 남궁혁은 중원 전체에 이름날 정도의 실력자.

가문 소속의 장인들에게 가진 기술을 아낌없이 전수하고 모두의 실력 향상을 위해 지원을 아끼지 않는다는 소문까지.

"세상천지에 그런 문파가 어디 있나? 말도 안 되지. 대장 장이를 위한 문파라니. 꿈같은 소릴 하고 있네."

그런 말을 하며 빈정대던 이들도 남궁장인가가 성장을 거듭하고, 확실한 기반을 다져가자 이 사실을 믿지 않을 수 없었다.

이 와중에 남궁장인가가 새로이 소속 장인을 뽑는다는 소식이 퍼지자 수많은 장인들이 동요하기 시작했다.

그 술렁거림은 곧 행동으로 이어졌다.

섬서 북쪽의 수많은 중소 대장간이 휴업이라는 푯말을 내걸었고, 각종 문파의 대장간에서는 일을 그만두는 장인들이 속출했다.

남궁장인가에 간다고 반드시 뽑히리라는 보장은 없지만, 지금을 놓치면 영영 기회가 안 올지도 모르니까.

대대적인 인력 이탈에 많은 문파들이 이들을 붙잡기 위해 애를 썼지만 장인들의 마음을 돌리는 것은 불가능했다.

그렇게 시작된 장인들의 대 이동이 섬서의 북쪽, 남궁장인가를 향하기 시작했다.

저 먼 하북에서부터 산서를 지나 이제 섬서성으로 들어선 대장장이 한삼도 그런 장인들 중 하나였다.

"아직 며칠을 더 가야 하는데 벌써부터 이렇게 사람이 많다니."

그는 같은 방향을 향해 걸어가고 있는 사람들을 보며 중얼거렸다.

망치와 집게를 쥐고 있지 않더라도 동업자들끼리는 서로를 알아보는 법이다.

큰 봇짐을 들고 마을 어귀로 들어가고 있는 사람들은 몇 가지 공통적인 특징들이 있었다.

우선은 손목.

매일같이 망치로 쇠를 두드리다 보니 힘을 결정하는 손목이 일반인과는 차이가 날 정도로 두껍다. 뼈도 손목뼈라고 보기 어려울 정도로 두꺼운 편이다.

그다음은 어깨다.

체구가 작든 크든, 다들 어깨만큼은 크고 단단했다. 단순히 어깨의 너비만 말하는 것이 아니다.

등부터 어깨, 목까지 이르는 근육의 선을 보는 것이다. 대장장이의 일이란 그 부분에 군살 한 점 없을 정도로 고되니까.

마지막으로는 눈이었다.

대장장이는 어두운 대장간에서 하루 종일 태양과도 같은 화로의 불길을 본다.

그러다 보니 바깥에 나오면 오히려 어두운 밤처럼 눈을 찡그리게 된다. 장인으로서 어쩔 수 없이 겪는 고질병이라고 할 수 있었다.

지금 마을로 향하는 이들은 그래도 젊은 축에 속해서 아예 실눈을 뜨고 다니는 건 아니었지만, 눈에 잔뜩 힘을 준 모양들을 보아하니 꽤나 경력이 있는 장인들이 틀림없었다.

"벌써 도착한 사람들도 수십은 되겠군. 경쟁이 치열하겠는걸."

한삼은 혼잣말을 중얼거리며 마을에 들어섰다. 그리고 은하 객잔을 찾아 두리번거렸다.

남궁장인가가 장인을 모집한다며 중원 북부에 붙인 방에 그렇게 적혀 있었기 때문이다.

섬서로 오는 길은 그리 녹록한 편이 아니었다. 남궁장인가 주변은 세가가 나서 치안을 확립했지만 그 밖의 영역은 그렇지 못했다.

화산, 종남 등의 대문파가 있는 서안과 남궁장인가가 있는 북부 사이가 텅 비어 있는 탓이었다.

때문에 총관 민도영은 이번에 지원하는 장인들의 신변을

위해 세가의 영역 밖에서부터 그들을 호위하기로 결정했다.

물론 장인 개개인을 일일이 호위하는 건 아니었다.

세가로 오는 길목에 있는 은하객잔에 정해진 날짜까지 도착하면, 그곳에 모인 장인들을 세가의 무인들이 안내하는 식이었다.

이를 위해서 네 개의 무력 부대가 돌아가며 호위 임무를 수행했다.

"아, 저긴가 보군."

어느 객잔이 은하 객잔인지 찾을 것도 없이, 대장장이들이 입구부터 바글바글한 객잔이 눈에 들어왔다.

한삼은 서둘러 객잔 안으로 들어섰다. 깔끔한 무복을 차려입은 사내가 한삼에게 다가왔다.

"이번 남궁장인가의 장인 모집에 참가하시는 분이십니까?"

"아, 예. 그렇습니다."

"아슬아슬하게 도착하셨군요. 곧 출발할 겁니다. 저쪽에서 잠시 쉬면서 기다리시지요."

남궁장인가의 무사는 한삼을 정중하게 한 탁자로 안내하며 세가로 가는 길에 대해 간략하게 설명해 주었다.

무림인이 대장장이에게 이렇게 깍듯하다니.

한삼은 약간 얼떨떨한 기분이었다. 이곳에 오면서도 미처 떨쳐 버리지 못한, 남궁장인가라는 대장장이 문파에 대한 약간의 의구심마저 씻겨 나갔다.

얼마 안 있어 한삼을 안내했던 무사가 출발을 알렸다.

"저희는 여러분을 세가까지 안전하게 모실 남궁장인가의 북검대 일 조입니다. 저희를 잘 따라와 주시기 바랍니다."

객잔에 모여 있던 열댓 명의 장인들과 스무 명의 북검대 대원들이 길을 나서기 시작했다.

한동안 일행들 사이에는 말이 없었다. 서로를 경쟁자로 의식했기 때문이다.

그러나 아무것도 없는 관도를 계속해서 걷고 있자니 지루함이 경쟁심을 이겼다.

몇몇 성격 좋은 이들이 말을 트기 시작했고, 산길에 들어서면서부터는 제법 이야기들이 오가게 되었다.

"그래서 이번에 몇 명이나 뽑는다지?"

"지금 있는 장인이 다섯 명이라니까, 최소 다섯은 뽑지 않겠나."

"이만한 장인들을 불러 놓고 고작 다섯? 지금 여기 있는 사람만 해도 열 명이 넘는데. 중원 북부에서 족히 백 명은 몰려왔을 게야."

"듣자 하니 장원의 크기가 꽤 크다는데. 그러면 열은 뽑지 않겠나."

"그렇겠지. 대문파의 공방도 서른 명 전후가 아닌가. 대장장이 문파라니까 최소한 그 정도는 뽑겠지."

많아도 열 명. 모두의 표정이 다채롭게 변했다.

자기가 반드시 열 명 안에 들어갈 거라고 생각하는 사람.

그 정도로 자신감이 넘치는 건 아니지만 그래도 여기 있는 사람들 중에서는 스스로가 가장 낫다고 여기는 사람.

수많은 지원자 중 고작 열 명 안팎이라니, 괜히 온 건가 후회하는 사람까지.

장인들이 각자의 생각에 빠져든 순간, 앞서가던 북검대가 발을 멈췄다.

"잠시 정지합니다. 북검대, 방어 진형을 짠다!"

챙! 스무 자루의 검이 요란하게 뽑히는 소리가 났다.

북검대의 무인들은 순식간에 장인들을 감싸며 두 겹의 반원으로 늘어섰다.

절반이 장인들을 지키고, 나머지 절반이 주변을 경계하는 형태였다.

갑작스러운 상황에 장인들은 봇짐을 맨 끈을 힘주어 잡으며 주변을 두리번거렸다.

그들의 눈에는 아무것도 보이지 않았다. 그저 바람에 흔들리는 나무와 그들 외에는 아무것도 없는 산길뿐이었다.

"여기서부터는 남궁장인가의 세력권일 텐데? 이곳에는 산적이 없다고 들었는데 이상한걸."

"그러게 말이야."

그래도 무인인 북검대가 방어 진형을 짠 걸 보면 뭔가 있긴 있는 모양이었다.

북검대의 긴장이 장인들에게까지 절로 전해져 왔다.

그때 장인들 속에 끼어 있던 한삼은 뭔가 이상한 것을 발견했다. 북검대 무인들의 무기 끝에 웬 장식이 달려 있었다.

'동전?'

동전 한 닢에 푸른 실을 매단 그 이상한 장식은 검과 도, 채찍 등의 손잡이 끝에 달려 있었다. 비도 등의 암기를 쓰는 무인들은 손목에 동전을 매달고 있었다.

'저게 뭐지?'

그러나 궁금해할 시간도 없이 순식간에 적들이 쏟아져 내렸다.

"와아아!"

"빼앗아라!!"

나무 위에서, 골짜기에서, 저 높은 절벽에서 검은 흑의인들이 우르르 쏟아져 내렸다.

눈썰미가 좋은 자라면 흑의인들의 무기와 손목에도 붉은 실로 동전이 묶여 있다는 것을 알았을 것이다.

그러나 눈앞에서 벌어진 치열한 싸움에 그런 것까지 신

경 쓸 수 있는 자는 없었다.

양 측은 처음부터 격렬하게 부딪쳤다. 흑의인들의 숫자는 스무 명 전후. 게다가 실력은 얼핏 봐도 북검대보다 한수 위였다.

전위에 선 인원이 열 명 밖에 안 되는 북검대에게는 불리한 조건이었다.

다행히 방어 진형을 제대로 갖추었기에 심하게 밀리지 않고 대응할 수 있었다.

밀고 밀리기를 반복하며 비등비등한 세를 겨루는 사이 여기저기서 하나둘 동전들이 떨어져 나갔다.

한 흑의인이 날랜 보법을 선보이며 북검대원의 영역 안으로 파고들었다.

"동전 하나 확보!"

높은 외침과 함께 흑의인의 검이 북검대원의 손잡이 끝을 향해 날아갔다. 손잡이 끝의 동전이 불안하게 흔들렸다. 실은 검격을 막아 내기엔 너무 가늘었다.

챙!

순간 어디선가 날아온 비도 한 자루에 북검대원의 동전은 간신히 목숨을 부지했다.

"쳇!"

흑의인의 투덜거림과 함께 뒤에서 불같은 호통 소리가

터져 나왔다.

"야 이놈들아! 뺏기면 돌아가서 나한테 죽을 줄 알아라!"

북검대 이 조의 조장인 무혁권이었다. 그는 이를 악물고 비도를 날리고 있었다.

보통 무력 부대의 조장은 검수나 도객이 선정되는 경우가 많다. 그러나 무혁권은 상황을 보는 넓은 눈과 통솔력을 인정받아 이 조의 조장이 될 수 있었다.

그러나 그는 결코 이 자리에 만족할 수 없었다.

남궁장인가에 있는 네 개의 무력 부대. 북검대, 동검대, 남검대, 서검대. 이들은 넉넉한 지원과 만족할 만한 대우를 받았지만 이 상황에 머무르길 바라는 이들은 드물었다.

기린대라는 존재가 있기 때문이다.

처음엔 기린대도 그들과 똑같은 존재였다. 그러나 매일 매일의 수련이 차이를 벌리기 시작하더니 어느 순간 그들은 다른 세상의 존재가 되었다.

기린대라고 엄청난 특별 대우를 받는 건 아니다. 똑같은 급의 장원, 똑같은 급의 식사, 똑같은 급의 무기를 지원받는다.

그러나 다르다. 타인들의 시선과 자기들 스스로의 마음 속에 느껴지는 감각이 달랐다.

미묘한 열패감과 동시에 나도 노력한다면 저 자리에 오를

수 있다는 경쟁심이 모두의 가슴속에서 불타기 시작했다.

"동전 세 개!"

무혁권의 비도가 절묘하게 흑의인의 손목을 스치고 지나가며 붉은 실이 달린 동전을 떨어트렸다.

북검대 중에선 그가 가장 많은 동전을 딴 상태였다.

"그만!"

내공이 담긴 쩌렁쩌렁한 소리와 함께 모두의 움직임이 멈췄다. 골짜기를 채우던 검격과 기합도 멎었다.

시작과 마찬가지로 갑작스레 멈춘 전투에 북검대의 뒤에 서 있던 장인들은 눈을 동그랗게 떴다.

그때 나무 위에서 인영 하나가 뚝 떨어졌다.

그 높은 곳에서 떨어졌는데도 안정적인 착지를 선보인 이는 날렵한 장신에 온화한 얼굴을 한 청년이었다.

"안녕하세요, 여러분. 남궁장인가의 소가주 남궁혁입니다."

장인들이 놀라는 사이, 북검대와 흑의인들이 동시에 무릎을 꿇으며 고개를 숙였다.

"소가주를 뵙니다!"

남궁혁은 적당히 손을 내젓고 여전히 놀란 기색이 가라앉지 않는 장인들에게 상황을 설명했다.

"놀라시게 해서 죄송합니다. 이 접전은 남궁장인가의 수련을 겸한 일이었거든요. 습격한 이들은 제 친위부대인 기린대입니다."

이어지는 설명에도 한삼은 놀람을 가라앉히지 못했다. 그의 놀람은 갑작스러운 습격이나 남궁혁의 말 때문이 아니었다. 그는 전투 중에도 침착함을 유지한 몇 안 되는 장인 중 하나였다.

그가 놀란 것은 남궁혁 때문이었다.

이름난 장인이라고 들었는데도 두 눈은 크게 뜬 채 맑게 빛났고, 어깨와 등이 넓기는 하지만 자신들처럼 지나치지 않았다. 자세도 결코 구부정하지 않았고 균형이 잘 잡혀 있었다.

한삼은 이런 장인을 본 적이 있었다. 대장장이인 동시에 무공을 익힌 사람들이 바로 이런 모습이었다.

그가 만난 이들은 두 개의 일을 동시에 하느라 어느 쪽도 뛰어난 실력을 갖추지 못했었다.

그러나 남궁혁은 기린지장이라는 이름을 얻을 정도로 대장장이로서 실력이 뛰어난 데다가 무공까지 대단하다고 들었다.

그야말로 한 세가를 일으킬 만한 걸출한 사내인 것이다.

'이 조에도 담력이 괜찮은 사람이 있네.'

남궁혁은 자신을 살피는 한삼을 보며 고개를 끄덕였다.

이 접전은 부대의 수련을 겸함과 동시에 대장장이들에

대한 일 차 시험도 겸하고 있었다.

아무리 장인들이 대장간 안에서 일만 한다지만 남궁장인 가는 무림 세력이다.

예전에 산적의 습격을 받은 적도 있었고 최근엔 제갈화천의 잠입으로 인해 큰 난리를 겪기도 했다. 세가가 성장하는 과정에서 불가피하게 겪어야 할 일들이었다.

그리고 그 세력이 커지면 커질수록 발발하는 일들의 수위도 더욱 높아지리라. 고작 이 정도 일에 겁을 먹어서는 함께 일하기 곤란했다.

"무 조장. 오늘은 그대가 가장 많은 동전을 얻었네요. 다음번에도 분발하세요."

남궁혁은 북검대 이 조를 지휘한 무혁권을 칭찬했다.

이런 갑작스러운 비무를 통해 수련하는 건 남궁혁이 직접 고안한 방법이었다.

남궁장인가의 무인들은 약하다.

이건 어쩔 수 없는 진실이었다. 그들은 부족한 무공을 익혔다. 그들이 무의 천재가 아닌 이상 배운 무공의 한계를 벗어나기는 어려웠다.

원합심공이 있긴 하지만 모두가 남궁혁처럼 기연을 얻을 수는 없으니까. 낮은 가능성을 보고 주화입마의 위험에 수하들을 밀어 넣을 수는 없었다.

때문에 생각한 방법이 집단의 힘을 발전시키는 것이다.

좀 전에 기린대와 북검대는 각자 대원들의 성향을 조합해 각기 다른 대형을 짰다.

한 개의 대가 하나의 자연을 이루는 것이다.

그리고 마치 대연검법의 운용처럼 각 상황에 맞춰 대형을 바꾸며 힘을 발휘한다.

부대란 개개인의 힘이 뛰어나다고 강해지는 게 아니다.

무력 집단은 결국 집단을 상대한다. 집단 대 집단의 힘으로 승부를 겨루는 방식이기에 택할 수 있는 수련 방법이었다.

이 수련이 궤도에 오르면 개인은 약할지라도 집단은 강한 부대가 될 수 있다.

물론 상대가 뛰어난 소수의 무인일 경우를 대비해 남궁혁 혼자 습격에 나서는 경우도 있었다.

"자, 기린대. 다음 지역으로 넘어갑니다."

북검대는 대형을 수습하는 기린대를 질린 눈으로 보고 있었다.

소가주 남궁혁의 수련은 무자비했다. 지금 기린대는 반반으로 나뉜 채, 밤낮을 가리지 않고 섬서를 뛰어다니며 똑같은 습격을 지속하고 있었다.

게다가 듣자 하니 잠깐 쉬는 시간에는 대원들끼리의 비

무가 이어지거나 남궁혁을 상대로 한 일대 다수의 실전 수련이 있다고 한다.

북검대원들은 눈앞의 기린대 이 조가 풀숲 속으로 사라지는 모습을 안쓰럽게 지켜보았다.

"어쩌다 소가주님한테 걸려서……."

지금 눈앞의 이 조는 남궁혁이 이끌고, 일 조는 대주 양명이 지휘했다. 그렇다면 일 조의 수련은 이보다 덜 치열할까.

북검대 이 조 조장 무혁권은 고개를 절레절레 저었다. 대주 양명은 남궁혁 못지않은 수련광이었다.

무혁권은 양명과 같은 시기에 남궁장인가에 들어온 무인이었기 때문에 그의 변화 과정을 아주 잘 알고 있었다.

양명의 밑에 있는 일 조의 수련이 더하면 더했지 덜하진 않을 것이다.

"으음…… 역시 북검대에 남아 있는 게 더 나은 거 같기도 하고……."

실력 향상에 대한 욕심은 누구나 있지만 모두가 그런 지독한 성실함을 따라갈 수 있는 건 아니었다.

무혁권은 아까 동전 세 개를 따낸 것을 약간 후회하며 북검대의 대형을 수습했다.

이후로는 다소 지루할 정도로 잔잔한 일정이 이어졌다.

며칠을 꼬박 걸어 남궁장인가에 도착한 장인들은 번화한 장인대로의 모습에 입을 쩍 벌리고, 웅장한 세가의 모습에 그 입을 다물지 못했다.

"안녕하세요. 여러분의 안내를 맡은 소가주 님의 제자 진우입니다."

홀쩍 자란 진우는 진하와 함께 도착한 장인들에게 숙소와 시설을 구경시켜 주는 역할을 맡고 있었다.

그중에서 세가의 대장간을 안내하는 것은 진우가 가장 좋아하는 일이었다.

"오오……!"

"엄청나군. 황궁의 보급창도 이보단 부족하겠어."

남궁장인가는 대장간을 기반으로 하는 만큼 공방에 대해선 지원을 아끼지 않았다.

그야말로 대장장이라면 누구나 일하고 싶어질 만큼 좋은 시설에 장인 두 명당 하나씩 붙은 종자까지.

대장장이에게 이런 대우를 해 주는 문파는 듣도 보도 못했다. 장인들은 항간에 떠돌던 남궁장인가에 대한 소문이 사실임을 두 눈으로 똑똑히 확인하고 있었다.

"돈깨나 벌었다더니 시설은 번지르르하군. 과연 실력이 그만큼 받쳐 줄까?"

그 와중에도 시비를 거는 자들은 있었다. 아까부터 심드렁한 태도로 삐딱한 말을 한 번씩 내뱉는 것이 영 진우의 마음에 안 들던 자였다.

"남궁장인가의 장인들을 얕보지 마세요."

"얕보든 말든 그건 내 마음이란다, 꼬맹아."

"그런 마음가짐이라면 이번 모집에는 왜 참가한 거죠?"

진우의 목소리가 뾰족했다. 스승 남궁혁 뿐 아니라 공방의 장인들은 모두 진우에게 있어 존경의 대상이었다.

눈앞의 남자는 지금 진우에게 가족과도 같은 이들을 모욕하고 있었다.

"이곳이 돈을 많이 준다더군. 내 실력이라면 공방부 부장 정도는 할 수 있겠다 싶어서 왔지."

"당신 정도가 가주 님에 필적한다고?"

사내의 빈정거림에 진우가 폭발했다. 남궁규원은 진우가 남궁혁 다음으로 존경하는 사람이었다.

남궁규원은 바쁜 남궁혁을 대신해 마치 친손자 대하듯, 그에게 많은 대장장이 기술을 가르쳐 주었다.

무뚝뚝하지만 언제나 진우, 진하를 아끼고 공방부의 개성 있는 장인들을 통솔하는 그분을 얕보다니?

"오라버니. 진정해요."

옆에 있던 진하가 진우를 말렸다. 진우의 눈은 당장이라도 검을 뽑을 것처럼 이글거리고 있었다.

어린 시절에 고생을 많이 한 탓에 나이보다 어른스럽고 진중한 진우가 유일하게 이성을 잃는 일이 있다면 바로 사부 남궁혁과 가주, 가모를 모욕하는 것이다.

보잘것없는 자기 남매를 거둬 준 데다가 친자식처럼 아끼고 사랑해 준 그분들의 마음을 진우는 한시도 잊지 않았으니까.

"어이구, 무서워라. 설마 남궁장인가에서 대장장이를 상대로 칼을 뽑진 않겠지?"

남자는 그런 진우의 기세에도 혀를 놀렸다. 그자의 작태에 주변의 다른 장인들도 고개를 저었다.

그 자의 조롱에 오히려 진우의 눈이 싸늘하게 식었다.

"나는 검을 잡기 이전에 망치를 잡은 대장장이입니다. 나도 내일 시험에 참가하니 정정당당하게 망치와 집게로 겨루죠."

"호오, 너도 장인이라고? 소가주의 제자라니 나한테 너무 불리한 싸움인데."

"우리 공방부의 장인 분들은 공정해요. 나에겐 조금의 특혜도 없을 겁니다."

"그걸 내가 어떻게 믿지?"

"당신이 보기에 내가 만든 것이 부족하다 싶으면 어른들이 나를 뽑아도 포기하죠."

"오라버니! 그게 무슨 소리야!"

"호오. 어린 녀석이 강단이 있군. 좋아. 받아들이지."

진하가 만류했음에도 진우는 이 내기를 물릴 생각이 없어 보였다.

주변의 장인들은 이 흥미진진한 상황을 지켜보고 있었다. 세상에서 가장 재밌는 게 싸움 구경과 불구경인 셈이니까.

"너만 그런 조건을 건다면 재미없으니까, 네 실력이 그만큼 출중하다면 나 역시 뽑혀도 관두는 걸로 하지."

"좋습니다."

내기의 성립을 지켜보던 장인들 중 하나가 입을 열었다. 진우에게 시비를 건 사내를 알아본 것이다.

"저 자, 하후태의 손자 하후벽이 아닌가?"

"한때 하북 제일 장인으로 소문났던 그 하후노 말인가?"

"그래. 유명한 대장장이 가문이지. 그 대장간에 가르침을 청하러 갔을 때 본 적이 있네. 하후노는 이제 나이가 들어 망치를 잡지 않는다고 들었는데, 그 손자가 남궁장인가에 올 줄이야."

사람들의 속닥거리는 소리에 하후벽이 자신감 넘치는 미소를 지어 보였다. 그들의 말마따나 그의 조부는 하북에서 가장 유명한 대장장이었다.

조부와 의견 차이가 있어 세상을 떠돌고 있기는 했지만 그는 자신의 실력을 믿어 의심치 않았다.

이 말을 들은 진하는 더욱 불안해졌다.

진우는 내원으로 돌아갈 때까지 표정을 굳히고 있었다.

답답한 진하가 한마디 하려고 해도, 워낙 표정이 딱딱해 입을 열 수가 없었다.

그런 진우의 얼굴이 갑자기 아이의 얼굴이 됐다.

"사부님!"

"사부니임—!"

저 멀리서 남궁혁을 발견한 두 아이는 어른스러운 표정을 집어던지고 쪼르르 달려갔다.

"어이쿠, 잘 있었어?"

남궁혁은 기린대를 이끌고 수련을 하느라 며칠 간 남궁장인가를 떠나 있었다.

고작 며칠 못 봤을 뿐인데 몇 달이라도 기다린 듯이 달려오는 아이들을 보자 기분이 흐뭇했다.

이제는 진우, 진하 둘 다 훌쩍 자라서 성숙한 청년, 처녀의 태가 엿보였지만 남궁혁이 보기엔 아직도 돌봐야 할 아이들이었다.

진우와 진하는 남궁혁의 양옆에 나란히 서서 그와 함께 내원으로 향했다.

"내일 오실 줄 알았는데. 장인 모집 때문에 일찍 돌아오신 거예요?"

"그래. 아버지도 계시지만 나도 지켜봐야지."

"사부님. 있잖아요, 오라버니가—!"

진하가 이 때를 놓치지 않고 좀 전에 있던 진우와 하후벽의 내기에 대해 얘기를 하려고 했다.

"아아, 방금 오면서 민 총관한테 들었어. 진우 너도 시험에 참가한다면서? 굳이 그럴 필요는 없는데."

"아뇨. 사부님의 제자라는 이유로 아무 조건 없이 공방부에 들어가고 싶진 않아요. 제 실력으로 당당히 들어가고 싶습니다."

"사실 저도 하려고 했는데, 태사부님이 저는 아직 어리다고 다음번에 시험 보라시지 뭐예요."

진우와 진하는 어린 시절부터 도제로서 작은 망치를 잡았다. 큰 망치와 집게를 잡는 법에도 이미 숙달돼 있었다. 그러나 아직 정식 장인으로 인정받지는 못하고 있었다.

이건 남궁규원과 남궁혁이 두 아이를 생각해 내린 결정이었다.

그들은 자신들의 천직에 자부심을 느끼고 있었지만 이일이 결코 쉽지 않다는 사실을 잘 알고 있었다.

진우와 진하 둘 다 야장으로서 소질이 있었지만 두 아이는 아직 어렸고, 성실하고 총명하기까지 했다.

섣불리 장인의 길을 걷게 하는 것보다는 민도영의 밑에서 세가를 아우를 수 있는 총관의 자질을 키우는 것이 더 좋을지도 몰랐다.

때문에 작년에 남궁혁이 세가를 떠나 외유했을 때 두 아이가 민도영에게서 일을 배운 것이다.

물론 그런 안배를 아이들에게는 알리지 않았다. 스스로 선택하기를 바랐기 때문이다.

만약 그 이외의 일에 흥미를 느끼거나 학문에 관심이 있다면 그쪽으로도 적극 지원할 생각이었다.

이미 진우와 진하는 단순히 제자를 넘어서 남궁가의 가족이었으니까.

그런데 진우가 스스로 장인이 되기를 선택하다니.

남궁혁은 옆에 선 진우와 진하의 두 손을 꼭 잡았다.

남궁혁과 마찬가지로 손 여기저기 물집과 굳은살이 가득한 장인의 손.

자신이 아버지 남궁규원의 등을 보며 장인으로 자랐듯, 이 아이들도 자신을 보고 장인의 길을 선택한 것이다.

괜히 뭉클해지는 남궁혁의 마음을 아는지 진우는 배시시 웃었다. 이럴 때면 영락없는 십대 소년이었다.

"그래도 그렇지. 그런 이상한 내기를 하다니. 생각이 있는 거야, 없는 거야?"

진하가 흐뭇한 사제의 순간 사이로 끼어들었다.

"진하야. 그게 무슨 말이니?"

"사부님, 오라버니가요—"

진하는 아까 대장간 앞에서 있었던 일에 대해 줄줄 읊었다.

물론 진하도 하후벽이 남궁혁과 장인들을 모욕한 것에 대해서는 직접 나서서 혼쭐을 내주고 싶은 심정이었다.

그러나 그딴 녀석에게 휘둘려 진우가 무모한 짓을 하는 것은 원치 않았다.

진하는 남궁혁이 이 내기를 말려 주기를 바라면서 열변을 토했다.

"그래. 그런 일이 있었구나."

"죄송합니다, 사부님. 그만 화를 못 이기고⋯⋯."

배시시 웃던 진우의 어깨가 순식간에 축 처졌다. 장인을 뽑는 시험에 사사로운 내기를 걸었다는 사실에 질책을 받으리라 생각한 것이다.

"아니야. 잘 했다. 그래도 심사는 공정하게 할 거니까 최선을 다해라."

혼이 날 줄 알았는데 되레 남궁혁이 머리를 쓰다듬어주자 진우의 눈이 열의에 빛났다.

예상했던 것과 정 반대로 돌아가는 상황에 입이 삐죽 나온 건 진하 쪽이었다.

남궁혁이 처소로 들어가고, 진우도 이만 방으로 들어가려는 걸 진하가 쪼르르 쫓아왔다.

"아무리 생각해도 그 내기는 물리는 게 좋겠어, 오라버니."

"쓸데없는 말 하지 말고 들어가서 자라."

"그치만!"

"진하야."

진우가 짐짓 근엄하게 진하를 불렀다. 사부님도 허락하신 일을 얘는 왜 이럴까. 하지만 진하는 진지했다.

"내일을 얼마나 기다렸는지 내가 잘 알아. 사부님께 정식으로 인정받고 싶다고 늘 말했었잖아. 제대로 된 장인이 됐다고, 사부님이 거둬 주신 덕분에 한 사람의 몫을 제대로 하게 됐다는 걸 보여 드리고 싶다며. 그 이상한 내기 때문에 내일을 망칠 생각이야?"

"너는 내가 진다고 확신하는 거야?"

"그런 얘기가 아니야. 오라버니가 잘하든 못하든, 그자의 마음에 따라 결정되는 거잖아. 그리고 그런 사람이 오라버니의 실력을 인정하겠어?"

"그자도 장인이라면 인정할 건 인정하겠지. 그자의 하찮은 시기심을 이기지 못한다면 내 실력이 그것밖에 안 되는 거고."

진우도 그런 염려를 하지 않은 건 아니었다. 그러나 반대로 그런 점이 진우의 승부욕에 불을 질렀다.

자신을 탐탁잖아 하는 자도 인정할 수밖에 없는 결과물을 보일 정도는 되어야 사부님의 제자라고 떳떳이 말할 수 있을 테니까.

그런 진우의 단단한 표정을 본 진하가 한숨을 푹 쉬었다.

진우가 저런 얼굴을 하면 무슨 말을 해도 말릴 수 없었다.

"하여간. 오라버니는 그런 것까지 사부님을 닮았다니까."

"그래?"

아마 똑같은 상황이었다면 남궁혁도 그렇게 했으리라. 진하의 말에 진우는 입꼬리가 귀 끝까지 올라갔다. 남궁혁을 닮았다는 건 진우가 제일 좋아하는 칭찬이었다.

"나도 사부님의 그런 면을 좋아하긴 하지만. 에이 몰라. 이렇게 된 거 꼭 엄청난 걸 만들어 내라구!"

진하는 진우를 응원하고는 제 방으로 총총 뛰어갔다.

어느덧 쑥 자라 버린 동생의 모습에 진우는 두 주먹을 꽉 쥐었다.

진하도, 자신도 남궁장인가에서 그야말로 새 삶을 받았다.

그에 보답하는 길은 오로지 남궁혁이 자랑할 만한 제자가 되는 길뿐이었다.

진우는 방으로 들어가 마음을 가라앉힌 후 운기 조식을 시작했다.

매일 대장간이나 세가의 일을 마치고 돌아오면 진우는 빼먹지 않고 무공을 수련했다.

원래 오늘은 검을 수련하는 날이지만, 내일 장인 시험이 있으니 체력을 보존하기 위해 운기 조식만 하는 것이다.

그의 사부는 중원 전역에 이름을 날리는 대장장이인 동시에 화경의 고수이기도 했다.

하나도 통달하기 어려운 두 분야에서 엄청난 성취를 거둔 사부를 둔 덕에, 스승에게 부끄럽지 않고자 하는 제자의 밤은 깊어져만 갔다.

* * *

남궁장인가의 새 장인을 모집하는 시험은 간단한 면접과 실력 검증을 통해 이루어졌다.

그리 좁지 않은 마당에 백여 명이 넘는 장인들이 순번을 기다리며 줄지어 섰다.

중원 북부의 실력 깨나 있다는 자는 이 자리에 다 모여 있는 것이다.

물론 이로 인해 남궁장인가 식솔들도 바쁘게 움직여야 했다.

사람들이 많이 몰린 만큼 일도 많아졌으니까.

그래도 이번 모집은 세가 전체에 축제와도 같은 열기를 불러일으켰다.

공개적인 첫 장인 모집에서 이만큼이나 사람이 몰렸다는 건 세가의 인지도를 반증했다.

거기에 가족들까지 따라온 이들도 있어, 세가 주변의 상가들은 그야말로 때 아닌 호황을 누리고 있었다.

그중에서 가장 바쁜 것은 역시 남궁혁을 비롯한 남궁규원과 공방부 식솔들이었다.

다섯 명의 장인들이 백여 명을 면접 보는 데만도 며칠이 소요되었다.

평소 대장간 일로 다져진 체력이 아니었다면 소화하기 힘든 일정이었을 것이다.

며칠간의 면접을 통해 심성이나 자세가 바르지 못한 이들을 절반 정도 걸러 낸 후, 대장장이 실력을 시험하기 시작했다.

우선 오십 명을 열 명씩 다섯 개 조로 나누었다. 세가의 공방이 넓기는 했지만 오십 명이 전부 들어가서 일을 할 수준은 아니었으니까.

그리고 무엇이든 만들 수 있게 다양한 재료를 나누어 주었다.

재료의 제약이 없으니 자신의 실력을 최대한 발휘해 보라는 뜻이었다.

장인들이 저마다 재료를 갖고 자리로 가 작업에 집중하기 시작했다.

남궁혁은 그런 그들을 하나둘 살펴보며 대장간 안을 돌아다녔다.

그의 걱정스러운 시선이 한곳에 꽂혔다. 진우였다.

그리고 그 옆에 진하가 말했던, 진우와 내기를 걸었다는 자가 열심히 쇳물을 녹이고 있었다.

"걱정되십니까?"

남궁혁의 뒤를 따르던 대장장이 곽철이 물었다. 수다스러운 진하 덕분에 진우의 내기는 이미 세가 전체에 모르는 이가 없었다.

남궁혁은 진우의 뒤를 지나치며 조용히 고개를 끄덕였다.

괜찮다고 하긴 했지만 너무 무모한 내기였다.

상대는 쇳물 다루는 모습만 봐도 상당한 실력자였다.

실력이 있는 자는 그만큼 자존심도 세다. 진우가 웬만큼 괜찮은 걸 만들어 내지 않고서야 진우를 인정하지 않을 것이다.

진우의 실력을 의심하는 건 아니었지만, 남궁혁과 남궁 장인가의 자존심을 짊어진 지금의 상황을 버텨 낼 수 있을지가 걱정스러웠다.

"너무 걱정하지 마십시오, 소가주."

"그래도 진우는 아직 어려요."

"소가주께서는 진우의 실력을 제대로 보실 필요가 있습니다. 누가 사부인지를 생각하셔야죠."

늘 진우와 다투기만 하던 곽철이 진우의 편을 든 건 의외였다.

남궁혁은 곽철의 말에 고개를 끄덕였다. 이참에 진우의 성장을 믿어 보는 것도 좋으리라.

한 번도 남궁혁의 기대를 저버린 적이 없는 제자가 아니던가.

그 어린 나이에도 힘든 대장간의 일이며 무공 수련까지 불평불만 없이 따라온 아이였다.

남궁혁은 곧 다른 장인들에게 시선을 돌렸다. 공정한 평가를 위해서 진우만 보고 있을 순 없었다.

한 나절이 지나고 곽은이 망치로 검을 챙―! 소리 나게 때려 시험의 종료를 알렸다.

제대로 된 무기를 만들려면 몇 날 며칠이 있어도 부족하지만 시험인 만큼 무작정 시간을 줄 수는 없었다.

바닥에 늘어진 흰 천 위로 열 개의 무기들이 진열됐다.

아무래도 남궁장인가가 검을 주 생산품으로 다루는 만큼 기본적인 검을 선보인 장인이 많았다.

주력 생산품을 잘 만든다면 뽑힐 가능성이 높다고 판단한 모양이다.

그 외에도 도가 몇 자루 있었고, 팔뚝 길이의 소검(小劍)이 있었다.

"소검? 아무래도 저게 네 작품인가 보구나, 꼬맹아."

하후벽이 진우의 결과물을 보며 빈정거렸다.

모두가 혼신을 다 해 긴 장검을 만들며 솜씨를 뽐내는 와중에 짧은 소검이라니.

심지어 그 소검은 길이도 이상했다. 일반적인 소검이라고 치기엔 길었고, 장검으로 치기엔 짧았다.

하후벽 외에 다른 이들도 짐짓 코웃음을 쳤다. 소가주의 제자라고 하기에 긴장했더니 별것 아닌 애송이였던 모양이다.

그때 남궁규원이 두 사람의 앞으로 다가왔다.

그는 하후벽과 진우의 검을 찬찬히 살폈다. 진우가 침을 꿀꺽 삼켰다. 태사부 남궁규원은 진우를 아끼는 만큼이나 엄격한 사람이었다.

그도 진우의 내기에 대해 알고 있는 만큼 더욱 까다롭게 심사를 할 것이 빤했다.

진우가 긴장을 삼키는 동안 하후벽은 당당하게 어깨를 펴고 남궁규원의 감상을 기다리고 있었다.

하후벽은 제가 만든 검에 자신이 있었다. 그는 검에 집안 대대로 내려오는 기술을 총동원했다.

독특한 혈조와 두 겹의 날. 검에 불어넣는 진기의 순환이 잘 되도록 특별히 집어넣은 영물의 뼈까지.

하후벽이 생각하기에 자기의 검은 그야말로 완벽했다. 그에 비하면 진우의 검은 하찮을 정도로 평범했다.

남궁규원은 하후벽과 진우의 검을 한 번씩 들어 본 후 내려놓았다.

"하후벽이라 했던가. 산서의 대장장이 하후 가라면 익히 들어 본 바 있지. 그대 조부께서 유명한 장인이셨지?"

"네, 그렇습니다."

하후벽의 건방진 태도가 조금 누그러들었다. 그래도 조부의 이름을 아는 사람 앞에서는 함부로 할 수 없었으니까.

"질문을 하나 하겠네. 자네가 만든 검은 어떤 검수를 상상하고 만든 건가?"

"예?"

"어떤 사람이 이 검을 쥐게 될 거라고 생각하고 만든 거냐고 물은 걸세."

"그, 글쎄요. 사십 대 정도에 초절정의 경지에 든 검수가 쓰면 좋지 않을까 싶군요."

뜬금없는 질문에 하후벽이 더듬거리며 대답했다. 대체 이런 걸 왜 묻는 거람. 검만 잘 만들면 되는 거 아닌가.

하후벽이 속으로 투덜거리고 있을 때, 이번에는 진우에게 질문이 넘어갔다.

"저는 여덟 살 정도의, 처음 검을 배우는 아이를 생각하고 검을 만들었습니다. 삼사 척 정도의 키와 그 나이 대의 완력을 고려한 무게를 가진 검입니다."

"어째서 그 나이대를 위한 검을 만든 게냐?"

"여덟 살은 일반적으로 검을 배우기 시작하는 나이입니다. 대문파에서 제자를 받을 때도 그렇습니다. 때문에 일년 중 가장 주문이 많은 검이기도 합니다. 그러나 그 나이대를 위한 검의 표준이 없는 게 아쉬웠습니다."

"이게 진우 네가 생각하는 여덟 살 나이가 가장 쓰기 편한 검이라는 거구나."

"예. 평균적인 여덟 살의 악력을 생각해 너무 가볍지도, 너무 무겁지도 않아 검식의 기초를 익히기에 적당하도록 균형을 맞추었습니다."

그제야 사람들은 감탄을 내뱉으며 고개를 끄덕였다. 검의 길이가 애매했던 것이나 손잡이가 일반적인 검보다 가늘었던 이유를 깨달은 것이다.

　　게다가 그것이 가장 많은 주문량을 자랑하는 검이라니. 어린 나이지만 세가의 발전을 염두에 둔 선택이었다.

　　진우가 만든 검이 실제로도 여덟 살 정도 아이들이 쓰기에 편하다면 저것이 곧 남궁장인가가 만드는 소검의 표준이 될 터였다.

　　"하후벽 장인. 다시 한 번 물어보겠네."

　　"예. 말씀하십시오."

　　진우의 어른스러운 답변을 듣고 다시 받는 질문에 하후벽이 바짝 긴장했다. 검을 입으로 만드나! 라는 감정과 타당한 생각이라는 이성이 마음속에서 치열하게 싸우고 있었다.

　　"남궁장인가에서 사십 대 정도의 초절정 고수에게 적합한 검을 한 해에 몇 자루나 의뢰 받을 것 같나?"

　　"그건…… 잘 모르겠습니다. 저는 아직 남궁장인가의 사람이 아니니까요."

　　하후벽은 스스로 잘 대답했다고 생각했다. 저 꼬맹이가 저런 답변을 한 건 남궁장인가의 사람이니까 가능한 일이었다.

공정한 심사를 하겠다더니 정말 편파적인 심사가 아닌가!

"그렇다면 달리 묻겠네. 사십 대 정도의 초절정 고수가 정말 자네의 검을 쓸 것 같은가?"

"그, 그건…… 그럴 겁니다. 검수라면 누구나 제 검을 탐낼 겁니다!"

계속된 질문에 점점 자신감이 사라지는지 하후벽이 소리를 질렀다. 남궁규원의 목소리에서 탐탁잖음을 읽은 것이다.

"화려한 혈조와 섬세한 접합으로 만들어 낸 두 겹 날은 잘 보았네. 그러나 검기를 검에 불어넣는 절정의 경지만 올라도 이런 잡다한 장식은 필요 없어지지."

남궁규원의 말에 남궁혁이 뒤에서 고개를 끄덕였다. 남궁규원은 지금 정확하게 지적하고 있었다.

무공이 경지에 오를수록 사람이 기본으로 돌아가고 간단한 것에서 깨달음을 얻듯, 무기도 비슷하다.

그 무기가 가진 기본에 집중하는 것이다. 진기를 매끄럽게 받아들이는 재질, 적당한 무게, 완벽한 균형.

흔히 신검이라 불리는 자아를 가진 검도 이런 기본의 정점에 도달했을 때에 비로소 태어나게 된다.

절대적인 기초, 절대적인 균형이라는 것은 극단으로 치우친 것보다 더욱 만들기 힘들기 때문이다.

그런 점에서 하후벽이 만든 검은 검에 가해진 기술 자체는 뛰어날지 몰라도 그가 말한 것처럼 고수가 쓸 만한 검은 아니었다.

벽을 깨지 못한 이류 무사들이 자신의 실력을 보완하기 위해 선택한다면 모를까.

그 사실을 깨달은 하후벽의 얼굴이 붉으락푸르락 변했다. 남궁규원은 거기까지 하고 다른 장인들의 심사에 들어갔다. 앞선 심사의 까다로움을 목격한 이들의 얼굴이 긴장에 물들었다.

남궁혁은 다가와 진우의 검을 들어보았다.

과연. 어른이 들기에는 좀 가볍지만 아이들의 수련용으로는 더없이 좋은 검이었다.

특히 검의 균형이 일반 검과는 조금 다르다는 게 독특했다. 아이들의 신체 비율은 어른과 다르다는 점에서 착안한 듯했다.

늘 사용할 사람을 염두에 두면서 망치를 두드려야 한다는 평소 가르침이 그대로 녹아 있는 검에 남궁혁은 흐뭇한 미소를 지었다.

이제 중요한 건 하후벽이 진우의 실력을 인정하느냐 안 하느냐였다.

"일 조의 합격자는 남궁장인가의 진우, 호북의 탁소기!"

결과가 나왔다. 모두들 결과를 인정하며 고개를 끄덕이고 뛰어난 실력을 보여 준 장인들에게 박수를 보냈다.

합격자가 나왔음에도 사람들은 자리를 뜨지 않았다. 모두들 하후벽과 진우를 보고 있었다. 하후벽이 인정을 해야만 했다.

모두의 시선이 자신에게 향하자 하후벽은 이를 물었다. 공방부의 부장은 무리여도 세가의 장인이 되는 것쯤은 아무것도 아니라고 생각했다.

어릴 때부터 엄한 조부의 밑에서 망치를 잡았던 자신이 아닌가!

게다가 가문의 자존심이라고 할 수 있는 기술을 총집합한 자신의 결과물이 처참한 평을 당하자 자존심이 땅에 내팽개쳐진 듯 기분이 참담했다.

'벽아. 너는 화려한 기술만을 좇는 게 흠이로구나.'

어느 날 조부 하후태가 지나가듯 말했던 한 마디가 귓가에 아른거렸다.

조부도 그랬다. 기본을 도외시하고 최고의 검을 만들겠다며 기를 쓰는 하후벽을 보더니 더 이상 자신이 가르칠 게 없다며 손을 놓았다.

그때는 그게 자신을 인정해서 그러는 줄 알았는데, 지금 보니 그게 아니었다.

자신은 검을 만드는 이유부터 다시 생각해야 했다.

하후벽은 깊게 숨을 내뱉은 후 자신의 대답을 기다리고 있는 소년을 보았다.

그리고 그 소년을 걱정스럽게 보고 있는 남궁혁도 보았다.

자신에게도 저런 사부가 있었더라면 눈앞의 소년과 같은 장인으로 성장할 수 있었을까?

그것은 장담할 수 없다. 지금 하후벽이 할 수 있는 건 오직 장인의 양심에 따라 행동하는 것뿐이었다.

"네 실력을 인정하마. 그리고, 남궁장인가와 공방부의 장인들을 모욕한 것을 사죄하겠다."

하후벽은 진우를 향해 그 뻣뻣하던 고개를 숙였다. 오체투지를 해도 남궁혁과 장인들을 모욕한 것에 대한 분이 풀리지 않겠지만, 하후벽이 자존심을 꺾었다는 것을 안 진우도 어른스럽게 그 사과를 받아들였다.

"이로써 진정한 장인이 되었구나."

"사부님."

시험을 위해 만든 검을 돌려받은 진우에게 남궁혁이 다가왔다. 사부와 제자는 서로를 바라보며 함빡 미소 지었다.

사부는 자신의 길을 따라온 제자가 자랑스러웠고, 제자는 사부의 앞에서 가다듬은 실력을 선보인 것이 뿌듯했다.

말은 필요 없었다. 표정만 봐도 서로가 사제지간이라는 사실을 마음 깊이 감사하는 것이 느껴졌다.

"사부님. 이 검을 사부님께 바치고 싶습니다."

"이 검을? 내게?"

"예."

남궁혁은 영문 모를 표정을 지었다. 여덟 살 아이가 쓰기 좋게 만든 검을 자기에게 바친다니?

그러나 이는 진우가 처음 시험에 임하면서부터 생각해 둔 일이었다.

고아였고, 아무것도 가진 게 없던 진우였다. 그런 자신에게 베풀어 주기만 한 남궁혁에게 처음으로 만든 제대로 된 검을 바치고 싶었기 때문이다.

그 마음을 알았는지 남궁혁은 잠시 고민하다가 진우가 내민 검을 받아 들었다.

"그래. 나중에 내가 아이가 생기면 그 아이가 쓰기 딱 좋겠구나."

사부님의 아이가 쓸 만한 검이라니. 그 말은 진우에게 있어 최고의 찬사였다. 이제 한 사람의 장인으로서 제 몫을 하게 됐다는 뿌듯함과 하늘처럼 존경하는 남궁혁에게 인정받았다는 사실에 진우는 하늘로 날아갈 듯 기뻤다.

　　　　＊　　　＊　　　＊

　최종적으로 이번 모집에서 남궁장인가는 진우를 포함해
총 열 명의 정식 장인을 뽑았다.

　뽑힌 이들은 탈락한 자들의 부러움과 질시 가득한 시선
을 받으며 어깨를 폈다. 무림 제일 대장장이 세가의 일원이
된 것이다.

　그들에게도 남궁장인가의 다른 세가원들과 같은 대우를
받게 되었다.

　가족이 있는 자들은 근처로 이사 오는 데 금전적인 지원
을 받았고, 그렇지 않은 이들은 세가 내에 훌륭한 숙소가
주어졌다.

　여독과 시험으로 인한 피로를 푸는 시간이 지나고 열 명
의 장인들은 드디어 일을 시작하기 위해 대장간으로 발을
옮겼다.

　"오늘부터 시작이군요."

　"일 자체는 만만치 않다는데 긴장되는데요."

　"듣자 하니 엊그제 청성으로부터 대규모 검 주문이 들어
왔다던데. 망치질하는 보람이 있겠어."

　며칠 사이 친분을 나눈 장인들이 첫 일에 대한 기대감을
드러냈다.

대장간 안에 발을 들이자 그곳엔 남궁혁이 있었다.

"어서오세요. 소가주 남궁혁입니다."

"안녕하십니까!"

새로운 장인들의 힘찬 인사에 대장간이 쩌렁쩌렁 울렸다. 대장간 안에는 남궁혁 밖에 없었다.

남궁규원을 비롯한 원래의 장인들은 어딜 간 거지? 몇 명이 궁금해하자 남궁혁이 사람 좋은 미소를 띠며 입을 열었다.

"여러분은 당분간 망치를 잡지 않을 겁니다."

"예?"

"뭐라고요?"

"대신 무공을 수련할 거예요."

장인을 뽑아 놓고 망치질 대신 무공 수련이라니. 이 뜬금없는 말에 모두들 얼이 빠졌다.

"여러분에게 검을 휘두르라는 얘기는 아니에요. 제가 여러분께 전수할 무공은 바로 오행신공입니다."

무공에 대한 지식이 있는 몇몇 장인들이 술렁거렸다. 오행신공은 그 특이한 수련 방법 이외에도 여러 이유 때문에 유명했다.

화기, 수기, 목기, 토기, 금기. 이 다섯 가지 종류의 심공을 전부 익혀 상생상극하며 익히는 신공이기에 다섯 심공의 성취가 고르게 균형을 이루지 못하면 사실상 무공으로서의 의미가 없기도 했다.

그러나 한 기운을 극성으로 익혔을 때는 또 다른 효과가 있었다.

오행신공 중 화공에 집중하면 뜨거운 불길 속에서도 화상을 입지 않으며, 수공을 뛰어나게 익혔을 경우 하루 종일 물에 잠수를 할 수 있다.

이런 효과에도 무공으로서 확실한 효과를 장담할 수 없기에, 오행신공을 익힌 자들은 드물었다.

대신 남궁혁은 장인들이 오행신공 중 금공과 화공을 집중적으로 수련한다면 작업 면에서 도움을 얻을 수 있을 거라고 여겼다. 그리고 금공과 화공을 익히기에 가장 좋은 장소는 바로 이 대장간이었다.

남궁혁의 설명을 들은 장인들은 대장장이로서의 실력을 올릴 수 있다는 말에 다들 눈에 불을 켜고 오행신공을 익히기 시작했다.

나이가 먹을 만큼 먹은 사람들이라 내공심법을 익히는 것은 쉽지 않았지만, 다들 십 년 넘게 대장간에서 살아온 이들이라서인지 오래지 않아 금기와 화기를 느낄 수 있었다.

아홉 명의 장인들이 대장간 안에서 가부좌를 틀고 운기

조식을 하는 동안 이미 대연심공을 익혀 오행신공을 익힐 수 없는 진우가 그들의 호법을 섰다.

그렇게 석 달의 시간이 지나자 서서히 성과가 나타나기 시작했다.

금기와 화기가 장인들의 몸에 쌓이기 시작한 것이다.

남궁혁은 그들이 오전에는 수련을, 오후에는 작업을 하도록 지시했다.

이제부터 그들을 지휘하는 건 남궁규원의 몫이었다.

금공과 화공을 수련한 장인들은 이상하게 망치를 잡으면 온몸의 활력이 넘치는 걸 느끼며 일에 몰두했다.

그 결과, 삼 개월 전보다 월등히 좋은 품질의 무기가 생산되기 시작했다.

이에 대해서는 남궁혁도 놀랄 정도였다. 도움이 된다는 말을 듣기는 했지만 반 정도는 시험 삼아 시도해 본 일이었으니까.

이렇게 되자 기존에 있던 장인들도 덩달아 오행신공을 배우기 시작했다.

이미 대연심공을 배운 남궁규원과 진우를 제외하고 곽노와 곽씨 남매가 수련에 돌입했다.

남궁규원과 진우는 이를 부러워했지만 어쩔 수 없는 노릇이었다.

대장간에서 오행신공이 유행하는 동안 남궁혁은 옛 대장간에 틀어박혀 있었다.

예전에 남궁혁의 가족들이 살던 대장간은 이제 몇 번의 개축을 통해 남궁혁이 혼자 집중할 때 쓰는 공간이 되어 있었다.

그는 이곳에서 새로운 실험을 하고 있었다.

화로에는 불길이 혀를 날름거리며 뜨거운 열기를 뿜어냈다.

남궁혁이 심혈을 기울여 배합한 재료들은 벌건 쇳물이 되어 용암처럼 들끓었다.

남궁혁은 끓는 쇳물에 정신을 집중하며 몸 안의 진기를 끌어냈다.

이전의 삶에서도 내공을 불어넣어 무기를 만드는 작업은 몇 번 해 보았다.

그때는 대장장이가 내공을 불어넣은 것이 아니기 때문에 남궁혁이 원하는 만큼 조절하기가 어려웠다.

그러나 지금 남궁혁은 뛰어난 대장장이인 동시에 화경의 내공을 몸에 갈무리하고 있는 고수였다.

일반적인 푸르스름한 기운이 아닌, 은은한 연녹색의 진기가 쇳물에 스며들었다.

오행신공의 진기였다.

이 중원 무림에는 다양한 광물이 존재한다.

흔하게 알려진 만년한철이나 오철 외에도 서늘한 냉기를 내는 북해빙궁의 만년빙철, 사천의 깊숙한 독 연못에서 발견된다는 오독철(五毒鐵).

금속에 해당되진 않지만 도끼날도 들어가지 않는다는 저 북쪽의 철목(鐵木).

바다 너머 화산(火山)섬에서만 채취할 수 있는, 불이 꺼지지 않는 화룡용암.

이들의 각기 어떠한 특성을 자연적으로 지니고 있다는 공통점이 있었다.

이런 재료로 무기를 만들면 굉장한 신병이기가 탄생하곤 했다.

재료들이 가진 특성이 중요한 게 아니라, 응축된 자연의 기가 무기로 화(化)하는 과정에서 쇠의 성질을 변화시키기 때문이다.

그러나 이런 것들은 쉽게 구할 수 없고, 얻으려면 경쟁도 치열하기 때문에 예부터 무림에서는 이런 재료를 사람의 손으로 만들기 위해 고심했다.

그 과정에서 마검이 탄생했다.

자연의 기를 쇳덩어리에 불어넣는 것이 쉬울 리 없다.

때문에 사람들은 보다 쉬운 방법을 선택했다. 몸 안에 기를 갈무리한 존재를 끓는 쇳물에 처넣는 것이다.

거친 방법이었지만 효과적이긴 했다.

뛰어난 고수들이 제압당해 한 줌 쇳물이 되고, 선천지기가 아직 몸에 남아 있는 동남동녀들이 한 자루 칼을 위해 희생되었다.

마교가 중원에서 지탄받게 된 주요 원인이기도 했다.

그러나 만약 피를 흘리지 않고도 이런 금속을 만들어 낼 수 있다면 그 가치는 상상을 초월할 것이다.

남궁혁은 바로 그런 금속을 만들기 위해 절치부심하고 있었다.

들끓는 쇳물과 오행신공의 진기는 쉽사리 섞이지 못했다.

이 조절이 금속에 내공을 불어넣는 작업의 성패를 결정한다.

진기를 무작정 주입하면 쇳물이 아예 증발해 버린다.

반대로 진기를 너무 약하게 흘려보내면 검에 검기가 어리듯 흘러가기만 한다.

쇳물이 가진 본래의 성질을 파괴하고 그 자리에 오행진기가 자리 잡게 해야 하는 만큼 세심한 조절이 필요했다.

그 과정에서 일어나는 열로 인해 화로의 열기에 익숙한 남궁혁도 땀을 뻘뻘 흘렸다.

그리고 마침내 쇳물이 영롱한 무지갯빛을 띠었다.

"됐다!"

남궁혁은 때를 놓치지 않고 서둘러 쇳물을 틀에 부었다.

오색찬란한 빛은 형태를 잡고 굳어 가는 쇳물 속으로 서서히 녹아들면서 사라졌다.

굳은 후의 모습은 여느 쇳덩어리와 별로 다르지 않아 보였다.

남궁혁은 완성된 철괴를 손가락으로 두드려 보았다.

아직 담금질을 하지 않은 투박한 쇳덩어리인데도 가슴을 청량하게 하는 맑은 소리가 났다.

"이걸로 검을 만들면 어떤 녀석이 나올까."

오행진기를 조절하느라 진땀을 뺐음에도 남궁혁의 얼굴은 소년처럼 설렘이 가득했다.

그는 쉬지도 않고 곧장 새로운 무기를 만드는 작업에 돌입했다.

第二章
남궁장인가의 경매

　석 달 후.

　남궁장인가의 소가주가 엄청난 신병이기를 만들었다는 소문에 중원 전체가 들썩였다.

　그 검의 이름은 환귀검. 남궁혁이 환귀곡의 기연을 얻은 덕분에 만든 검임을 기념하기 위해 붙인 이름이었다.

　물론 이 환귀검과 환귀곡을 연결시킬 수 있는 사람은 별로 없겠지만.

　새로 만들었다는 그 무기가 검인 탓에 검을 쓰는 문파들은 촉각을 곤두세웠다.

　각 문파를 이끌 후기지수에게 그 검을 쥐여 주고 싶은 것이다.

개방의 구걸이 말한 바에 의하면, 그 검은 검기를 두르지 않은 상태에서도 철괴를 두부처럼 베어 내며 구걸이 전력으로 공격했는데도 부러지지 않는 단단함을 지녔다고 한다.

'만약 그 검을 손에 넣을 수만 있다면……!'

뛰어난 무기에 대한 갈망은 무인이라면 당연히 있는 욕구였다. 그것은 결코 실력의 고하를 가리지 않았다.

세속의 욕망에 초연하다는 불가나 도가의 무인들도 마찬가지였다.

소림은 이 새로운 신병이기에 대한 소문을 제법 빨리 접한 축에 속했다.

그러나 현 소림의 방장은 이 검에 대해 관심이 없었다.

소림은 시조 달마대사가 창안한 상형권, 소림권을 기반으로 권각술에 대한 수련을 지속해 왔기 때문이다.

검을 쓰는 제자도 있지만 거의 전무에 가까웠기에 소림의 당대 방장 백언선사는 이 소문을 듣고선 한 귀로 흘려버리고 잊고 있었다.

"방장!"

'아차. 이분이 계셨군. 아미타불.'

백언선사는 문을 박차고 들어온 사숙조 범오선사를 보자마자 잊고 있던 환귀검에 대한 생각이 떠올랐다.

"내 들었네. 섬서에 엄청난 검이 나왔다지?"

"예, 그렇습니다."

범오선사는 범자 배 승려들 중 가장 나이가 어렸다.

어느 정도였냐면 같은 항렬 중 가장 나이가 많은 범정선사와 오십 살 차이가 날 정도였다.

때문에 범자 배의 대부분이 타계한 지금도 팔팔하게 소림에 남아 있었다.

또한 범오선사의 스승이 워낙 어린 범오선사를 오냐오냐하며 예뻐한 탓에 소림의 승려답지 않은 막무가내 기질이 있었다.

그 때문에 독특하게도 소림에서 검을 수련하게 되었는지 모른다.

어쨌든 그런 승려답지 않은 성격에도 불구하고 범오선사의 무재는 탁월했다.

게다가 몇 안 되는 소림 검법의 명맥을 잇는 후계자인 탓에 중요한 존재로 대우받고 있었다.

다만 그가 지난 몇 년간 폐관 수련에 들어간 덕분에 방장 백언선사는 다른 세속에 대한 욕심은 별로 없는 범오선사가 엄청난 명검 광이라는 사실을 까맣게 잊고 있었던 것이다.

"구해 주게."

"사숙조님. 올 해는 제자들이 많이 들어왔습니다."

"그게 지금 무슨 상관인가?"

"사숙조님은 이미 훌륭한 명검을 여럿 갖고 계시지 않습니까. 어린 제자들이 무공을 수련하기 위해서는 돈이 쓰이는 법입니다."

"어허. 소림의 제자가 주먹에 쇳덩어리를 두르는 것도 아닌데 돈 들어갈 데가 어디 있단 말인가? 깨끗한 승복 한 벌씩만 마련해 주면 됐지."

범오선사의 말도 틀린 건 없었다. 백언선사는 속으로 한숨을 내쉬었다.

어차피 지금 그가 거절해 봤자, 범오선사는 그를 귀여워하는 소림의 노승들을 찾아가 조를 게 뻔했다.

범오선사보다 배분이 높은 까마득한 분들께서 본산까지 내려와 부탁을 하게 만드는 실수를 더는 범하고 싶지 않았다.

"다녀올 만한 제자가 없다면 내 직접 가보겠네. 오랜만에 폐관을 깨고 나왔으니 겸사겸사 심부름도 하지. 어떤가?"

오십이 다 되어 가는 나이에도 싱글싱글 웃는 모습에 백언선사는 그만 허허 웃어 버렸다.

"알겠습니다. 그리하도록 하지요."

"백언 그대가 들어줄 줄 알았네. 아미타불!"

생기 넘치는 불호가 소림의 방장실에 울려 퍼지고, 환귀검을 탐내는 자들은 소림의 범오선사라는 강력한 경쟁자를 얻게 되었다.

그 즈음 안휘의 남궁세가에서는 가주 남궁현열과 그의 금지옥엽 남궁옥이 독대하고 있었다.

"옥아."

"예, 아버님."

딸을 부르는 남궁현열의 목소리는 무척이나 진중했다.

남궁옥 앞에서는 채신머리없을 정도로 살갑던 남궁현열답지 않은 태도였다.

평소와는 다른 아버지의 태도에 남궁옥의 얼굴에 살얼음 같은 긴장이 파삭파삭 얼어붙었다.

대체 무슨 일로 부르신 걸까.

남궁옥은 남궁현열이 그녀를 부른 이유를 짐작할 수 없었다.

웬만한 일이라면 수련 시간에 가주실로 찾아오라고 하지 않았을 테니까.

"섬서의 남궁혁 말이다."

"혁이가…… 왜요?"

갑작스레 찾아온 봄처럼 부드러워진 남궁옥의 말투에 남궁현열이 눈을 가늘게 떴다.

만년빙정 같던 저 아이가 먼 친척 조카의 이름만 꺼내면 저렇게 되다니. 대체 어떤 녀석인 겐가.

그러나 이번에는 남궁혁 본인에 대한 애기가 아니었다. 남궁현열은 본론으로 들어갔다.

"이번에 혁이 그 아이가 만들었다는 환귀검 말이다. 우리가 어떻게 먼저 손을 써 볼 수는 없겠느냐?"

아아, 그 얘기였구나. 남궁옥은 저도 모르게 가슴을 쓸어내렸다.

혹시나 남궁혁이 혼례를 치른다는 애기라도 들어왔을까 저도 모르게 긴장을 한 것이다.

"혁이가 먼저 우리 쪽에 애기를 꺼내지 않은 걸 보면 뭔가 생각이 있는 게 아니겠습니까."

"그래도 우리가 본가인데……."

"혁이에게도 장인으로서의 자존심이 있을 겁니다. 우리에겐 한 번 명검을 바친 적이 있으니, 이번엔 본가라고 특혜를 베풀진 않을 겁니다. 제가 혁이의 성격을 잘 압니다."

남궁옥은 딱히 남궁혁의 편을 드는 게 아니었다. 정말 그의 성격을 고려한 답변이었다.

남궁혁은 대체로 부드럽고 유한 사내였지만, 어떤 부분에 대해서는 남궁옥도 꺾지 못할 만큼 고집이 있었다.

"그렇다 해도 너와 현암 둘이 나선다면 어떻게든 되지 않겠느냐?"

"안 될 겁니다."

남궁옥은 재차 고개를 저었다. 남궁현열은 실망한 기색이 역력했다.

아버지가 이렇게까지 낙담할 줄 몰랐던 남궁옥이 저도 모르게 덧붙일 정도였다.

"판매할 의사가 있느냐고 물어보는 정도는 가능할 겁니다. 제가 혁이에게 서찰을 보내 보겠습니다."

"그래. 내가 얼마를 들여서라도 사길 원한다고 넌지시 흘려 두어라."

이런 대화는 비단 소림이나 남궁세가뿐 아니라, 무력이나 재력이 받쳐 주는 대부분의 무림문파 내에서 이뤄지고 있었다.

이는 남궁혁과 민도영의 전략이 제대로 효과를 거두고 있다는 증거였다.

*　　　*　　　*

지남단을 통해 중원 전체가 들끓고 있다는 정보를 입수한 남궁혁은 회심의 미소를 지었다.

"구걸 선배님도 그렇고 지남단도 아주 잘해 줬네요."

"예. 이대로 계획에 착수하면 될 것 같습니다."

"경매 말이죠? 준비는 잘 되어 가고 있나요?"

민도영이 고개를 끄덕였다. 바로 환귀검의 경매에 대한 준비였다.

절세의 신검이 나타났다는 소문을 흘린 후 이를 경매에 붙여 쟁쟁한 문파들이 남궁장인가를 주목하게 하는 것이 그 목적이었다.

남궁장인가의 이름은 지금도 충분히 쟁쟁하지만, 일부러 대문파의 사람들이 직접 방문하는 경매 방식을 선택한 데는 이유가 있었다.

이는 남궁장인가의 무기 등급제를 알리기 위한 방법이었다.

이 또한 민도영이 제안한 것으로, 그녀는 대장간에서 생산된 무기들을 엄격한 기준에 의거해 삼급, 이급, 일급, 특급, 절세신병으로 구분하자고 주장했다.

삼급은 현재 남궁장인가의 수습 장인 신분인 종자들이 연습을 위해 만든 것들, 그리고 장인들이 만들다가 실패한 무기들이다.

뛰어난 장인들의 손이 닿은 만큼 실패작이라고는 해도 평범한 세간의 무기들에 비하면 훌륭한 물건들이었다. 게다가 그런 장인들 아래서 일을 배우는 만큼 종자들이 만든 것이라 해도 급이 떨어지지 않았다.

이 삼급의 무기들은 남궁장인가의 격을 떨어트릴 수 있다 하여 전부 폐기하거나 재활용해 왔다.

민도영은 이 폐기와 재활용에도 시간과 인력이 드는 것을 아깝게 여겼다.

차라리 이것들은 저렴하게 판매하고 그 시간을 더 좋은 무기를 생산하는 데 투자하자고 강력하게 주장했다.

젊은 장인들이 이 주장을 적극적으로 지지한 결과 삼급 무기들도 판매가 결정됐다.

이급은 잘 만들기는 했는데 훌륭하다라고 말하기는 애매한 무기였다.

지난번 종남파가 청람대회를 위해 준비하려고 했던 청람검이 이급 정도의 품질을 필요로 했다.

세간에 나가면 손색없는 검으로 평가 받을 수 있는 수준이었다.

일급은 지금까지 남궁장인가에서 판매를 할 수 있는 기준으로 삼아 오던 수준이었다.

많이 생산되는 게 아니기 때문에 희소성이 있어 남궁장인가의 명성을 알리는 데 큰 도움이 되었다.

특급에 준하는 검부터 명검이라 불릴 수 있는 가치를 가진다.

일전에 남궁혁이 남궁세가 본가에 바친 검이 이 특급에 해당됐다.

마지막으로 절세신병은 현재 남궁장인가에서 남궁혁만이 만들 수 있었다.

오행신공의 진기를 불어넣어 제련한 철로 만든 무기로, 남궁혁은 그 철을 '오행철'이라 불렀다. 그리고 이번에 만든 환귀검이 이 신병이기에 들어갔다.

아마 전 무림에 이만한 무기를 만들 수 있는 이는 남궁혁밖에 없으리라.

물론 남궁혁도 무작정 신병이기를 찍어 낼 수 있는 건 아니었다.

오행진기를 버텨 낼 만한 조합의 재료는 희귀하기 그지없어서 천금을 주고도 구하기 어려웠다.

환귀검에는 지난번 태양화리를 잡았을 때 얻은 태양화리의 뼈가 절반 이상 들어갔다.

또한 오행철을 다루는 것도 여간 어려운 것이 아니었다.

자연의 오행이 전부 담긴 이 철은 마치 살아 있는 생물처럼 까다로워서, 남궁혁도 백 일에 가까운 시간 동안 이 철을 담금질해야 했다.

얼마나 진이 빠졌으면 환귀검을 완성하고 열흘간 깨지도 않고 잠을 잤겠는가.

어쨌든 환귀검의 경매를 통해 사람들이 등급으로 나뉜 검을 직접 만져 보도록 해야 했다.

그렇지 않으면 단순히 이름이 이급, 삼급이라는 이유로 판매가 원활히 이루어지지는 않을 테니까.

"이제 곧 흑점을 통해 적당한 문파에 환귀검 경매의 초대장을 보낼 겁니다."

"여전히 흑점을 이용하는 건가요? 우리는 이미 자체적인 운송 체계도 갖췄고, 계속 흑점과 거래를 할 필요성은 없을 것 같은데요."

남궁혁이 예전에 흑점을 이용했던 건 오로지 빠르게 명성을 얻기 위해서였다.

검의 적당한 판매처를 찾으러 일일이 뛰어다니지 않아도 된다는 이유도 있었다.

하지만 남궁장인가는 이제 굳이 흑점이라는 단체를 통하지 않고도 충분히 스스로 거래를 할 능력을 갖추고 있었다.

민도영이 그런 걸 모르지 않을 텐데.

남궁혁의 물음에 민도영이 차근차근 대답했다.

"무기에 한정해서라면 그렇습니다만, 재료는 여전히 흑점을 통해 들어오는 게 많습니다."

"그런가요?"

"평범한 것들은 진련상단이 공급해 주고 있지만, 이번에

환귀검을 만들면서 요구하셨던 영목(靈木) 같은 건 흑점이
아니면 구하기 어려우니까요."

"으음. 흑점 입장에서는 우리가 세력을 확장하면서 자기
들의 수입원을 잃어버린 셈인데. 흑점 측에서 재료 거래를
하면서 무리한 요구를 한다거나 하진 않나요?"

남궁혁이 말한 보복성 거래는 무림에서 종종 일어나는
일이었다. 사실 문파 간 혈사의 대부분은 각 문파의 이권과
그들이 보유한 수입원 간의 문제니까.

"그 때문에 이번 경매에 대한 건을 흑점에게 맡기는 겁니
다. 흑점으로서는 경매 주관에 대한 독점권을 가짐으로써
대문파들에게 확실한 인상을 심을 수 있으니까요."

"남궁장인가와 연결된 끈이라는 인식인가요?"

"맞습니다. 흑점에게 그건 포기하기 어려운 권리일 겁니
다."

민도영이 자신 있게 미소 지었다. 지난번 실수를 만회하
기 위해 그녀는 엄청난 노력을 기울였다.

그리고 그 결과는 남궁장인가가 문을 연 이래 가장 큰 행
사의 형태로 나타나고 있었다.

＊　　＊　　＊

흑점의 각 지부를 통한 경매 초대장이 중원 전체로 퍼져 나갔다.

경매에 참가하는 문파는 까다로운 기준을 통해 걸러졌다.

환귀검에 흥미를 가지고 있으면서 동시에 이를 구매할 만한 재력과 권력을 가진 문파에만 초대장이 발송됐다.

남궁장인가의 신병이기를 손에 넣으려면 이 정도는 되어야 한다는 제한선을 암묵적으로 그어 버리는 행위였다.

구파일방과 오대세가에는 전부 초대장이 발송되었다. 그리고 이 대문파들과 어깨를 견준다고 알려진 일곱 개의 중견문파. 무림 최고의 전장인 황금전장과 무림 이 대 상단인 금림상단, 강주상단도 그 대상이었다.

이중 절반 이상이 경매에 참가하겠다는 답장을 보내왔다.

이 경매를 위해 남궁장인가는 또다시 눈 돌아가게 바쁜 나날을 보내기 시작했다.

일전에 기린대와의 수련에서 동전 세 개를 따냈던 북검대 이 조 조장 무혁권도 갑작스럽게 바빠진 사람 중 하나였다.

경매 준비를 위해 민도영이 임시 숙소를 짓기 시작하면서 그 관리 감독을 북검대에 맡긴 것이다.

일전에 무혁권의 통솔력을 눈여겨봤던 남궁혁의 추천으로 인한 인사였다.

일을 받는 거야 좋다. 남궁장인가는 일을 하면 그만큼 정직하게 챙겨 주는 문파라 원래 규정된 북검대의 업무 이상을 한다면 톡톡한 추가 보상을 받을 수 있었다.

그래도 몸이 힘든 건 힘든 거였다.

"아이고, 힘들어 죽겠네."

남궁장인가에서 좀 떨어진 곳에 새로 지어지는 귀빈용 숙소 감독을 끝낸 북검대는 객잔을 찾았다.

집에 들어가기 전 대원들과 술을 마시며 피로를 풀기 위해서였다.

무혁권이 자리에 털썩 주저앉으며 투덜거리자 대원들이 그를 달랬다.

"그래도 우리 조는 내일까지잖습니까. 내일까지만 하면 열흘 쉬니까요."

마침 객잔을 찾았던 남궁혁은 근처에서 들려오는 익숙한 목소리에 귀를 기울였다. 엿듣는 것은 그의 취미가 아니었지만 이럴 때 수하들의 본심을 들어 보는 것도 좋은 일이었다.

"쉰다고 그게 쉬는 건가. 남검대 놈들이 일 제대로 하는지 신경 쓰여서 쉴 수나 있겠어?"

"이제 마무리하는 거 지켜만 보면 되는 건데. 남검대가 그 정도도 못할까 봐요."

"우리 조장도 소가주님 닮아가는 거 아냐?"

"아이구. 그 정도로 일 중독이 되면 우리가 힘듭니다, 무 조장."

누군가의 농담에 무혁권을 비롯한 북검대원이 전부 킬킬 대며 웃어 댔다.

"그래도 일하는 맛이 나니까 나서서 하게 되는 건 있죠. 예전에 고용되어 있던 상단에서는 푼돈만 주고 얼마나 사람을 부렸는지."

"맞습니다. 부대별로 순환 근무를 하니까 푹 쉴 수도 있고요. 솔직히 문파 고용 무사 중에서 우리 남궁장인가 무사들 팔자가 제일 좋을 겁니다."

자신들의 좋은 상황에 대해 얘기를 하다 보니 피로가 풀리는지 북검대의 얼굴에 묻어 있던 피곤한 기색이 사라졌다.

어느새 대원들이 앉은 탁자에는 술과 음식이 푸짐하게 올라왔다. 한 대원이 질 좋은 죽엽청주를 잔에 따르며 미소 지었다.

"뭣보다 장인대로를 쭉 걷다보면 뿌듯하잖습니까."

"맞아. 북검대라고 알아보고 인사도 해 주고 말이야. 예전에 다른 상단에 있었을 때는 그 상단이 워낙 포악해서 마을 사람들이 눈을 마주치면 겁먹은 눈으로 도망치기 바빴는데."

"우리가 지키는 이곳에 활기가 넘치고 모두들 열심히 잘 사는 걸 보면, 의와 협이 따로 있나. 이게 바로 의고 협이지 싶어진다니까요."

"맞다. 우리 마누라도 이곳으로 옮겨 오고 나서는 싱글벙글이야. 상에 올라오는 반찬 갯수가 다르다니까."

그들의 뒷자리에 앉아 있던 남궁혁은 입이 귀에 걸리다 못해 볼 근육이 당길 정도로 흐뭇했다.

북검대가 현재에 만족스러워하는 것도 좋았지만 그들 중 한 명이 말한 '의와 협이 따로 있나. 이게 바로 의고 협이지.' 라는 말이 마음에 들었다.

남궁혁은 대장장이지만 무공을 배웠고, 전생에는 무림맹의 보급창에 들어갔을 만큼 의와 협에 관심이 많았다.

지금 남궁장인가를 꾸리고 성장시키는 것도 장래 있을 마교의 침략에 한 팔을 거들기 위함이 아니던가.

그만큼 혈혈단신으로 협의를 실현하는 고수들에 대한 동경도 없잖아 있었다.

하지만 남궁혁은 벌써 남궁장인가라는 세력을 이끄는 입장이라 그런 패기 넘치는 행동을 하기는 어려웠다.

그래도 이곳에 의와 협이 있지 않나.

모두가 노력하는 만큼 정당한 대가를 받는다는, 말은 쉽지만 잘 지켜지지 않는 정의가 실현되는 곳. 거대 세력의 힘에 의해 억압과 핍박을 받지 않는 곳.

단순히 검을 들고 악인을 처단하는 것만이 협의는 아니다. 악인을 처단한 자리에는 또 다른 악인이 나타난다.

악인이 나타나는 구조를 개선하지 않으면 안 된다.

어떻게 보면 남궁혁은 그 누구보다 협의를 실천한 것이다. 남궁장인가의 세력권 안에서는 누구나 평화롭게 풍요를 누리면서 살 수 있는 구조를 만들었다는 점에서.

남궁혁은 손짓으로 점소이를 불렀다.

"아이구, 소가주님."

"쉿."

그는 북검대원들이 눈치채지 못하게 점소이를 조용히 시키고, 전낭에서 은자 몇 개를 꺼내 내밀었다.

"저기 뒤에 우리 북검대원들 먹고 마시는 거, 이걸로 계산해 줘요."

문을 나서기 전 잠깐 뒤를 돌아보니, 북검대원들은 신나게 음식과 술을 즐기고 있었다. 남궁혁은 씩 웃으며 문을 나섰다.

"저기, 소가주님!"

점소이가 그의 뒤를 뒤따라 나오며 남궁혁을 불렀다. 남궁혁은 신법을 발휘해 어느새 저 멀리 가고 있었다.

북검대원들의 얘기를 엿듣느라 시간을 지체한 탓에 서두른 것이다. 어서 돌아가 어머니가 차린 저녁 식사를 먹어야 하니까.

흙먼지만 남은 길 앞에서 점소이가 은자를 손에 든 채 멍하니 중얼거렸다.

"어차피 남궁장인가의 무인들은 전부 공짜인데……."

*　　　*　　　*

한 달 후.

새로 지붕을 올린 임시 숙소가 가득 들어찼다. 경매에 참가한 문파는 스무 개 남짓이었지만 워낙 대문파들인 탓에 수행원이 잔뜩 따라왔기 때문이다.

물론 수행원 없이 온 사람들도 있었다. 소림의 범오선사가 대표적인 인물이었다. 개방의 구걸과 진주언가의 언묵도 혼자였다.

진주 언가의 언묵은 범오선사와 마찬가지로 언가의 유일한 검수였다. 그는 가문의 지원 없이 사재를 털어 환귀검을 사러 왔다고 했다.

가장 많은 인원을 이끌고 온 이들은 금림상단과 강주상단이었다.

　이들은 환귀검 자체에도 관심이 있긴 했지만 그보다는 남궁장인가가 이번에 선보이는 이급, 삼급 무기들에 더 큰 흥미가 있었다.

　그간 남궁장인가의 무기들은 수요에 비해 공급이 부족한 탓에 엄청난 가격에 판매가 되고 있었다.

　그런데 질은 약간 떨어져도 충분한 값어치를 하는 무기들이 대량으로 창고에 쌓여 있다니.

　무림 최고의 상단들이 이 기회를 놓칠 리가 없었다.

　물건을 확인하고 괜찮으면 바로 계약해서 실어 가기 위해 대대적으로 무리를 꾸려 남궁장인가를 방문한 것이다.

　이 때문에 넉넉하게 지어 놓은 임시 숙소가 부족해지는 사태가 발생했다.

　늦게 도착한 이들은 남궁장인가 본원의 별채를 써야만 했다.

　그중 가장 큰 별채를 배정받은 건 남궁세가 본가에서 온 가주 남궁현열과 빙검화 남궁옥이었다.

　그들이 도착했다는 소식을 들었을 때, 늘 침착하고 차분하던 남궁규원은 검을 두드리다가 망치를 떨어트릴 정도로 감격했다.

"드디어…… 드디어 본가로부터 인정을 받았구나."

그간 남궁현암, 남궁옥과의 교류가 있기는 했지만 본가의 가주가 직접 방문한다는 건 차원이 다른 얘기였다.

반평생 넘게 이름뿐인 남궁세가의 핏줄로 살아왔던 남궁규원의 감동은 말로 표현할 수 있는 게 아니었다.

남궁혁과 남궁규원, 남궁현열과 남궁옥이 한 자리에 모였을 때, 남궁혁은 눈가가 벌건 남궁규원을 보고 괜스레 마음이 뭉클해졌다.

쇠처럼 늘 무뚝뚝하던 아버지가 이처럼 감정을 드러낸 것은 처음이었으니까.

"새로 지은 숙소가 다 차서 이곳으로 모시게 됐습니다. 가주 님을 이렇게 누추한 곳에 모시게 되다니."

"아닙니다. 이곳도 아늑하고 참 좋군요. 그리고 말씀 편히 하시지요. 제게 아저씨가 되지 않으십니까."

"당치도 않습니다. 저 같은 촌부가 어찌……."

남궁현열의 말에 남궁규원은 어쩔 줄을 몰라 했다. 천하의 남궁세가주에게 아저씨 소리를 듣다니.

남궁규원이 한사코 손을 내젓자 남궁현열은 사람 좋아 보이는 미소를 지으며 수염을 쓰다듬었다.

"그나저나 참으로 대단한 행사입니다. 구파일방과 오대세가의 일원들이 이처럼 한 자리에 모이는 일은 참 드문데 말입니다. 숙소가 모자랄 지경이라니. 남궁장인가의 위명이 쟁쟁하군요."

"민 총관이 무림의 정세에 정통하지 못해서 이 정도 규모가 몰릴 줄 몰랐나 봐요."

남궁옥이 민도영에 대한 은근한 경쟁심을 드러내며 말했다. 남궁현열도 이를 거들었다.

"옥이 네가 있었다면 큰 도움이 되었을 텐데 말이다. 경매 사실을 알았을 때 어째서 미리 달려오지 않았던 게냐. 남궁장인가는 우리의 식구거늘."

"소녀가 생각이 짧았습니다. 다음부터 이런 일이 있다면 꼭 달려올게요, 숙부님."

"옥이는 지금도 충분히 장원에 도움을 주고 있으니 너무 나무라지 마십시오."

"아닙니다. 그 정도 도움이야 적당히 친분이 있는 문파에도 제공하고 있지요. 그러나 남궁장인가는 가족이 아닙니까."

가족. 그 말에 남궁규원의 눈가에 흐뭇한 주름이 졌다. 남궁혁도 웃고는 있었지만 대화에 끼어들지는 않았다.

사람 좋아 보이는 미소를 짓고 있지만 상대는 대 남궁세가의 가주였다.

그들이 핏줄로 엮여 있고 교류를 해 왔다고는 하지만 아직까지는 경계를 늦춰선 안 될 대상이었다.

아니나 다를까. 남궁규원의 마음을 샀다고 확신한 남궁현열이 은근한 목소리로 입을 열었다.

"그래서 말인데, 교류를 넘어서 진정 가족이 되는 것에 대해서는 어찌 생각하십니까?"

"가족이요?"

"예를 들자면 혁이와 우리 옥이를 혼인시킨다든가……두 아이가 육 촌 지간이니 크게 문제는 없지 않습니까."

갑작스러운 제안에 남궁규원이 혼란스러워 하는 사이 남궁혁이 헛기침을 하며 끼어들었다.

"크흠. 그보다 가주께 부탁드리고 싶은 게 있습니다."

"부탁이라니. 뭐든 말만 하거라."

남궁혁을 보는 남궁현열의 얼굴은 이미 사위를 보는 그 것이었다.

남궁현열의 입장에서 남궁혁은 무척 괜찮은 사윗감이었다.

남자라면 콧방귀를 뀌던 남궁옥이 인정한 상대인 것도 그랬지만, 남궁장인가로 남궁옥을 시집보낼 경우 뛰어난 무인이기도 한 그녀를 다른 문파에 빼앗기지 않아도 되기 때문이었다.

데릴사위를 들이는 것도 가능했지만 지금 현 무림에 남

궁옥에게 데릴사위로 올 만한 남자는 마땅치 않았다.

남의 가문에 데릴사위로 오려면 각 가문의 차남, 삼남이
거나 대문파의 직계 자리에서 벗어난 사람이어야 했는데,
그들 중 남궁옥의 무력에 걸맞은 실력을 갖춘 자가 없었다.

다른 문파에 시집을 보내는 것도, 데릴사위를 들이는 것
도 애매하다면 이참에 딸이 마음에 둔 육촌 조카를 사위 삼
아 세가의 결속을 공고히 하자는 게 가주 남궁현열의 생각
이었다.

그러니 남궁혁에게 호의적일 수밖에. 남궁현열은 마치
남궁세가의 뿌리라도 뽑아 주겠다는 얼굴로 귀를 기울였다.

허나 남궁혁의 말은 남궁현열의 예상 밖이었다.

"환귀검을 포기해 주세요."

"뭐라?"

"혁아, 그게 무슨 소리니?"

당황한 남궁현열과 남궁옥을 바라본 남궁혁은 이어 준비
한 대사를 읊었다.

"가주께서 환귀검을 낙찰받기 위해 엄청난 금액을 준비
하셨다는 소문을 들었습니다. 그러나 본가가 환귀검을 낙찰
받게 되면 분명 다른 문파들에서 말이 나올 겁니다."

"흐음…… 그 정도야 본가의 선에서 정리할 수 있을 게
다."

"그렇겠죠. 그러나 남궁장인가의 신용에도 문제가 생길 수 있습니다."

"남궁장인가의 신용에?"

"본가가 나서서 품질이 검증되지 않은 환귀검을 비싼 가격에 낙찰 받아 남궁장인가의 이름값을 높이려고 한다는 얘기가 나올 수 있죠. 그렇게 되면 본가 역시 질 나쁜 소문에 휘말릴 우려가 있거든요."

남궁현열은 남궁혁의 얼굴에서 이것이 단순한 염려가 아님을 읽었다.

"호오. 장인들 사이에도 대문파와 같은 알력 싸움이 존재하나 보군."

남궁혁이 고개를 끄덕였다. 지남단을 통해 들어온 정보였다.

기존에 대장간을 통해 꽤 큰 이문을 봤던 사천 당가가 남궁장인가의 행보에 적극적으로 방해 공작을 펴기 시작한 것이다.

당문의 당허정이 남궁혁에게 패배했다는 소문이 알음알음 퍼지며 당가의 무기 판매 수익이 수직 하락한 것이 원인인 모양이었다.

"으음…… 아쉽지만 할 수 없지. 남궁장인가의 사정이 그렇다면 우리는 이번에 포기하겠네."

"이해해 주셔서 감사합니다."

"아닐세. 미리 연락을 줬더라면 좋았겠지만 그래도 남궁 장인가의 행사에 남궁세가에서 사람을 안 보내는 것도 모양이 이상하니 이제 와 얘기를 한 거겠지?"

남궁현열은 뒤늦게나마 이 얘기를 꺼내 그를 헛걸음하게 한 저의를 읽어 냈다. 과연 남궁세가의 가주다웠다.

"죄송합니다."

"가족끼리 그런 말 하는 거 아니네."

"다음번에 환귀검에 필적하는…… 아니, 좀 더 뛰어난 검을 만들려고 합니다. 이번에 헛걸음하신 것을 사죄하는 마음에서 그 검은 가주님께 진상하도록 하겠습니다."

"호오…… 값을 치르지 않아도 된단 말인가?"

"물론입니다. 가족이니까요."

남궁혁의 말에 남궁현열은 만족스러운 미소를 지었다.

"고맙네. 그렇다면 우리는 나머지 문파들이 기를 쓰고 입찰하는 모습을 여유롭게 구경이나 하도록 할까?"

"그것도 재밌는 구경이 되겠는데요, 아버지."

남궁옥이 눈을 반짝였다. 그들의 혼사에 대해서는 남궁혁이 어물쩍 넘어갔지만 아직 경매가 끝날 때까지는 시간이 남아 있었다.

남궁현열이 남궁혁의 아버지 남궁규원을 설득한다면 영

무리한 일은 아닐 터였다.

* * *

경매에 대한 얘기가 잘 끝난 후 남궁가의 가족들은 화기애애한 시간을 보냈다.

남궁규원이 남궁현열과 함께 집안을 이끄는 가주로서의 얘기를 시작하자 남궁혁과 남궁옥은 살며시 자리를 떴다.

"피곤하실 텐데 어서 들어가 쉬세요, 누님."

"뭘 이 정도 가지고. 내가 무림인이라는 걸 잊은 거니?"

"하핫, 설마요."

아까 남궁현열이 꺼낸 혼담에도 남궁옥은 스스럼없이 남궁혁에게 말을 걸었다.

괜히 혼자 어색해하던 남궁혁은 멋쩍게 웃었다.

"바쁘지 않으면 좀 걷자꾸나. 이번에 개축을 많이 했다면서?"

"네. 정원도 많이 짓고 건물도 지었죠."

"안내 좀 해 주렴. 혼자 다니다가 진법에 걸려서 곤욕을 치르면 어떡해."

남궁옥이 웃으며 남궁혁의 옷깃을 잡아끌었다. 봄볕에 눈이 녹듯 검은 눈동자가 맑게 반짝였다.

남궁혁은 침을 꿀꺽 삼켰다. 그저 친한 누님이라고만 생각하고 있었는데, 생각해 보면 남궁옥은 무림에서 손꼽힐 정도로 아름다운 여인이기도 했다.

보통 사내들에게는 날선 검 같은 냉랭한 태도를 보일 뿐이라던데, 그녀는 유독 남궁혁에게만큼은 따사로운 모습을 보여 주었다.

지금까지는 또래의 친척이라 그런 줄만 알았는데. 남궁현열이 혼담 얘기를 꺼내고 나니 그녀의 그런 태도가 사뭇 다르게 느껴졌다

두 사람은 여유롭게 새로 만든 정원을 거닐기 시작했다. 그러나 어색해진 분위기는 좀처럼 가시질 않았다.

남궁옥은 정원의 정자에 앉아 분위기를 좀 환기하고자 노력했다.

"요새 무공에는 좀 진전이 있었니?"

"누님이 생각한 것 이상일걸요?"

"그래? 그거 기대되는구나. 머무는 동안 시간이 나면 검을 겨룰 수 있을까?"

"그거야 당연하죠. 누님이 오신다기에 비무를 기대하고 있었는걸요."

무공에 대한 얘기를 꺼내자 아까의 혼담으로 인한 어색함이 조금씩 가시기 시작했다.

남궁옥은 평소처럼 친근한 누님의 모습으로 남궁혁을 대했다.

　아까 남궁현열이 혼담에 대해 말을 꺼냈을 때 남궁혁이 부담스러워하는 걸 눈치챘기 때문이다.

　남궁장인가에 오기 전, 남궁현열은 이런 경우를 예상해 남궁옥에게 일러두었다.

　　"아무리 혼인할 수 있는 육촌 간이라지만, 혁이 그 아이가 친척 간의 혼인에 부담을 느낄 수도 있을 게다."

　　"그러면 어떻게 해야 할까요, 아버지?"

　　"혁이 그 아이가 친한 여인이 남궁장인가의 총관과 모용가의 여식이라던가? 둘 다 오랫동안 편안한 관계를 이어 온 모양이더구나. 너도 친한 친척 형제로서 혁이를 편하게 해 주되, 여인으로서의 매력을 조금씩 드러내거라."

　이성으로서 남자를 대하는 데 서툰 딸을 위한 남궁현열의 지도였다.

　　"게다가 네가 그 두 여인에 비해 부족한 점이 뭐

가 있느냐. 혁이도 사내다. 그것도 한 문파를 이끄는
배포가 큰 아이지. 이 무림에 너만큼 조건이 좋은 여
인도 드물다. 그 아이가 야망이 있다면 결코 너를 거
절할 수는 없을 게야."

아버지의 말을 되새기며 남궁옥은 침을 꼴깍 삼켰다.
남궁현열은 가장 큰 경쟁자로서 모용가의 모용청연을 꼽
았다.
그녀가 가진 모용세가의 배경은 남궁세가에 결코 뒤지지
않으니까.
그러나 남궁옥의 생각은 반대였다. 그녀가 생각하기에
지금 남궁혁에게 가장 가까이 다가간 사람은 민도영이었다.
민도영이 가진 친근함과 모용청연이 가진 든든한 배경.
이 둘을 전부 이겨야 남궁옥에게 승산이 있었다.
그러기 위해서는 자신에게 시간이 얼마나 남아 있느냐를
알 필요성이 있었다. 후자는 어떻게든 견줄 수 있겠지만 전
자는 시간과 노력이 필요한 일이니까.
남궁옥은 신나게 최근의 수련에 대해 얘기하고 있는 남
궁혁을 물끄러미 바라보다가 입을 열었다.
"그나저나 혁이 너는 혼인할 생각은 없는 거니?"
"혼인이요?"

남궁혁이 눈을 동그랗게 떴다. 아까 남궁현열도 그렇고 누님도 갑자기 왜 혼인 얘기래.

"당장은 생각 없어요. 이렇게 바쁜데 내자를 들인다고 신경 써 줄 여력이나 있겠어요."

"그래도 세가가 커질수록 힘이 되어 줄 사람이 필요한 법인데. 숙부님이나 숙모님은 말씀 없으셔?"

"아버지는 제가 알아서 하라고 하시고, 어머니는 좀 생각해 보라고 하시긴 하는데…… 누님은요?"

남궁혁은 적당히 말을 돌렸다. 여인인 데다 자기보다 나이도 많으니 남궁옥이 받는 압박은 자신에 비할 바가 아니리라.

아마 남궁옥이 받는 결혼 압박 때문에 이런 얘기를 꺼낸 것이라 추측하며 남궁혁은 그녀의 말을 기다렸다.

"슬슬 진지하게 고려할 때가 되긴 했지."

남궁옥의 말끝에는 옅은 한숨이 배어 있었다. 남궁혁은 그런 그녀를 걱정스럽게 바라보았다.

남궁세가의 금지옥엽이다. 그녀의 배경을 원하는 사내가 얼마나 많을까. 그들 중 몇 명이나 남궁옥에게 진심일까.

알고 지낸 지 그리 오래 되진 않았지만 남궁혁은 자신의 친척 누이를 잘 알았다.

무공에 대한 욕심은 결코 사내에게 뒤지지 않고 그 재능

또한 욕심을 뒷받침할 만한 사람.

이런 여인이 한낱 사내의 내자가 되어 조용히 살아야 한다면 얼마나 답답해할까.

"괜찮은 사람은 있어요?"

"혼담은 제법 들어오는데 마음에 차는 사내는 없더구나. 내가 그렇게 별론가?"

"에이, 설마요. 우리 누님만큼 아름답고 강한 여인을 싫어할 사내가 어디 있겠어요?"

남궁혁은 진심으로 손사래를 쳤다. 그 반응에 남궁옥이 살풋 미소 지었다.

자신이 아름답다는 걸 머리로는 알고 있었지만 별로 쓸모없는 것이라 여겼는데. 지금은 자신의 탁월한 미모가 다행스러웠다.

"대체 누가 혼담을 넣었기에 그래요?"

"음. 기억나는 것만 꼽자면 팽가의 소가주 팽천룡과 사천당가의 소당주 당경민. 화산의 속가문인 매화전장의 소장주 은태림 정도구나. 아, 새외에서도 끈질기게 찾아왔었지. 남해 태양궁의 소궁주와 북해빙궁의 궁주도 있었다."

남궁혁의 입이 떡 벌어졌다. 남궁옥의 입에서 나온 이름들은 결코 변변찮은 이들이 아니었다.

팽가와 당가의 소가주는 남궁혁이 일전에 만난 적이 있

는 그 집안의 셋째들과는 비교할 수도 없는 고수였다.

세인들은 둘 중 하나가 차기 제일인이 되지 않을까 말할 정도였다.

게다가 팽천룡과 당경민은 한 가문을 이끌 만한 배포와 인품을 지녔다고도 한다.

매화전장의 소장주 은태림은 저 둘과 비교할 수준의 무위를 갖추진 못했지만, 화산도 좌지우지할 수 있는 수준의 금력을 지닌 매화전장의 하나뿐인 후계자였다.

그러나 여인들에게는 다른 의미로 유명한 자였는데, 바로 그가 한번 보면 잊을 수 없을 정도의 미남이기 때문이었다.

새외의 고수라는 남해 태양궁이나 북해빙궁의 청혼자들은 말할 것도 없었다.

조정의 손길이 미치지 않는 새외에서 두 궁은 실질적인 지배자나 다름없었다.

"전부 무림에서 알아주는 후기지수들 아니에요?"

"뭐, 그렇긴 하지."

무림의 후기지수 팔검이 전부 혼담을 보낸 거나 다름없는 데도 남궁옥은 시큰둥해 보였다.

"그런 쟁쟁한 후보들이 별로 마음에 안 든다니. 누님의 남편 될 사람은 황자 정도는 되어야겠어요."

"딱히 그런 걸 바라는 건 아니다. 사람만 괜찮으면 가문의 위세 같은 건 아무 상관없어. 그런 건 내가 충분히 갖고 있지 않느냐."

"원하는 조건이 따로 있으신 거예요?"

"……내 부군이 되는 사람은 남궁세가의 전폭적인 지원을 받겠지. 내게 남궁가의 이름은 자부심이자 자존심이란다."

남궁혁은 고개를 끄덕였다. 남궁옥은 단순한 여인이 아니었다.

남궁세가는 현재 직계 후계자가 없다. 고로 남궁옥의 남편은 곧 남궁세가를 등에 업게 된다.

자신의 선택에 세가의 향방이 결정되는 만큼 신중해질 수밖에 없었다.

"그만한 대우를 받을 자격이 있는 사내였으면 좋겠다. 나와 함께 남궁가의 이름을 떠받칠 수 있는, 남궁의 이름에 자부심을 느낄 수 있는 사람으로 말이야."

남궁세가의 금지옥엽다운 생각이었다. 그녀가 가진 남궁에 대한 자부심을 나눌 수 있는 사람이 누가 있을까.

그녀에게 혼담을 보낸 이들은 전부 쟁쟁한 가문의 후계자들이었다.

아무리 남궁옥과 혼인한다 한들, 자신들의 배경과 남궁

세가가 충돌할 경우 제 기반에 손을 들 수밖에 없다.

남궁옥은 그게 싫은 거다. 자신은 남궁세가의 사람이니까.

그러나 가주의 무남독녀로서 가문에 힘을 실어 줄 혼인을 안 하겠다고 할 수도 없는 법.

남궁옥의 고민이 손에 잡힐 듯 가까이 다가왔다.

"고민이 많으시겠어요, 누님."

진심 어린 걱정이었다. 마음을 부드럽게 쓸어내리는 목소리에 남궁옥은 저도 모르게 남궁혁의 손을 잡았다.

이 다정함을 평생 곁에 두고 누리고 싶다는 욕심을 억누르기 어려웠다.

"누님?"

"언제까지 혼인을 미룰 수는 없겠지. 반드시 해야 하는 혼인이라면 내가 인정할 수 있는, 평생을 배우자로 살아도 좋겠다고 생각할 만큼 좋아하는 사람이었으면 좋겠다."

남궁혁은 제 손을 살며시 잡은 남궁옥의 손을 내려다보았다.

평생을 검을 쥔 사람이라고 믿기 어려울 정도로 그녀의 손은 희고 부드러웠다.

"……누님이라면 분명 그런 사람을 만날 수 있을 거예요."

아무리 친한 친척간이라지만 혼인을 안 한 여인의 손을 이렇게 잡고 있으면 안 되는데.

이 손을 놔야 한다는 걸 머리로는 알면서도, 남궁혁은 따뜻한 남궁옥의 손에서 제 손을 쉽게 빼내지 못했다.

남궁옥이 손을 빼기 힘들 만큼 힘주어 잡고 있어서는 아니었다.

남궁혁의 얼굴에 간지러운 고민을 읽은 남궁옥이 쐐기를 박았다.

"난 이미 만난 것 같은데. 넌 어찌 생각하니?"

보고를 위해 남궁혁을 찾아다니던 민도영은 정원 한쪽에서 들려오는 목소리에 저도 모르게 몸을 숨겼다.

한 남자와 한 여인의 목소리. 적당히 낮고 부드럽게 울려서 듣기 좋은 그 목소리는 민도영이 사모해 마지않는 소가주 남궁혁이 분명했다.

그리고 건조하고 냉랭하지만 드문드문 사근거림이 배어있는 것은 소가주의 먼 친척인 빙검화 남궁옥이었다.

'내가 잘못한 것도 없는데 왜 숨는 거지.'

그렇게 생각하면서도 민도영은 답을 알고 있었다. 두 사람의 화기애애한 모습을 보기 싫어서였다.

지난번 남궁옥은 민도영의 앞에서 남궁혁에 대한 마음을

감추지 않았었다.

민도영은 남궁옥만큼 당당할 수 없었다. 이 마음을 털어
놓았다가 거절당한다면 무척이나 어색해질 테니까.

남궁옥이야 일 년에 몇 번 안 보는 사이니 설령 어색해진
다 해도 그걸 극복할 시간이 있다.

그러나 민도영은 매일매일 얼굴을 부딪쳐야 하지 않나.

"난 이미 만난 것 같은데. 넌 어찌 생각하니?"

민도영은 차마 그 뒤에 이어질 남궁혁의 대답을 듣지 못
하고 정원을 빠져나갔다.

탁탁, 빠른 발소리가 한참을 이어지고 나서야 민도영은
걸음을 멈췄다.

하도 빨리 걸었더니 숨이 찰 정도였다.

고작 이 정도 걷고 숨이 차다니. 민도영은 자조했다.

그녀의 경쟁자는 무림에서 손꼽히는 여고수가 아닌가.
화경의 경지에 오른 남궁혁에게 부족하지 않은 여인이다.

이런 비교가 한심하다는 건 민도영도 잘 알고 있었다.

'한낱 수하에 불과한 주제에 누굴 욕심내는 거야.'

남궁혁은 고작 이 작은 섬서 땅에 머무를 사람이 아니었
다.

그런 그의 미래를 생각하면 남궁옥, 모용청연 같은 소저
와 혼인하는 게 득이다.

충심으로 남궁혁을 모시는 수하 된 입장이로서 이를 적극 권하진 못할망정, 스스로의 욕심 때문에 이런 추한 모습이나 보이다니.

질끈 감은 눈가가 축축하게 젖어들었을 때, 부드러운 천이 닿는 느낌이 났다.

"민 총관. 괜찮아요?"

"소, 소가주님?"

민도영은 당황했다. 분명 남궁옥과 함께 있던 남궁혁이 지금 제 앞에 있었다.

그것도 소매로 눈가를 닦아 주면서.

"아까 정원에 왔다가 돌아가기에 바쁜 일인가 싶어서요."

"아, 아닙니다."

말은 그렇게 하면서도 남궁혁이 제 뒤를 쫓아와 줬다는 사실이 민도영은 기뻤다.

남궁혁이 남궁옥의 말에 어떤 대답을 했을까.

표정만 봐서는 전혀 짐작을 할 수 없었다.

'아니야. 이 정도도 내겐 과분해. 여기에서 만족하자.'

민도영은 남궁혁이 무슨 말을 했을지 궁금해하지 않기로 했다.

뭔가 결정을 내렸다면 총관인 자신에게 제일 말할 테니

까.

적어도 그에 관한 일을 가장 늦게 듣는 사람이 되진 않을 테다.

남궁혁을 보필하는 최고의 총관.

민도영은 진심으로 이 자리만큼은 영원히 지킬 수 있길 바라면서, 최대한 태연하게 보고를 시작했다.

*　　*　　*

이틀 후. 경매 당일의 아침이 밝았다.

환귀검의 경매는 비단 경매에 참가하는 사람들뿐 아니라 장인대로 및 남궁장인가의 세력권 안에 사는 모든 사람들의 주목을 받았다.

그들로서는 남궁장인가가 더욱 화제가 되고 세력이 강해지면 좋은 일이니까.

마을은 거의 축제 분위기에 휩싸였고, 환귀검이 얼마에 팔릴지에 대한 내기도 활발했다.

바깥의 활기찬 분위기와는 달리 경매장 안은 긴장감이 감돌고 있었다.

당대 무림에서 가장 주목받고 있는 검!

반드시 환귀검을 손에 넣으라는 사문의 명령을 받고 온

문파의 제자들부터 본인의 검에 대한 욕심으로 이 먼 거리를 마다하고 온 사람들까지 모두들 눈을 빛내고 있었다.

현재 이름난 검은 모두 소유주가 있다. 재료가 희귀하거나 정치적 알력 때문에 생산도 많지 않다.

그런 검을 소유하기 위해서는 소유주를 죽이거나 훔쳐야 하는데, 그 상대들도 만만찮은 무림의 명숙들이라 부담이 컸다.

그런 점에서 이번 경매는 반길 만한 일이었다.

명검을 편하게 돈으로 살 수 있으니까.

그만한 재력을 가진 문파들이었기에 경매를 기다리는 이들의 눈빛은 마치 생사 대적을 앞둔 것처럼 빛나고 있었다.

반면 남궁현열과 남궁옥은 이번 경매에서 발을 빼기로 했기 때문에 여유롭게 이들을 구경하고 있었다.

"아버지. 오늘 얼마정도 금액이 책정될지 예상하셨습니까?"

"글쎄다. 아까 화산의 풍매검 수화도인을 만났는데, 화산에서는 은자 일만 냥을 허했다 하더구나."

은자 일만 냥! 남궁세가의 금지옥엽으로 웬만한 금액에는 놀라지 않을 자신이 있던 남궁옥도 깜짝 놀라고 말았다.

은자 일만 냥이면 남궁장인가 일대의 땅을 거진 다 살 수 있는 돈이었다. 서민 가정이라면 삼 대는 일하지 않고 먹고 살 수 있는 금액이다.

"화산이 그렇게 나왔다면 다른 문파들도 거의 비슷하겠군요."

"그렇지. 혁이는 얼마 정도를 예상하더냐?"

"오천에서 팔천 냥 정도 책정되면 족하겠다고 했습니다."

"하여간 겸손한 아이라니까. 허허."

남궁현열은 제 수염을 쓰다듬으며 경매장을 내려다보았다.

남궁장인가가 이번 경매를 위해 특별히 만든 경매장은 우물 정(井) 모양의 이 층 누각으로, 가운데 뚫린 공동에 비무장과 같은 돌바닥이 깔려 있었다.

석단에서 경매가 진행되고, 이를 구경하는 이들은 이 층으로 된 누각 위에서 구경하는 식이었다.

"오래 기다리셨습니다. 지금부터 남궁장인가 제일 회 무기 경매를 시작하겠습니다!"

우레와 같은 박수 소리가 터져 나왔다.

흑점의 대외 지부인 은하객잔 섬서 북부지역의 점주로 이번 경매의 진행을 맡게 된 흑영은 심장이 벌렁벌렁 뛰었다.

처음 남궁혁을 담당할 흑점의 담당자로서 이 오지에 발

령이 났을 때, 흑영은 제 인생이 망했구나 생각했다.

젊은 나이에 이런 시골 촌구석에 틀어박히다니.

직책은 은하객잔의 점주이자 섬서 북부 총괄 책임자였지만 허울 좋은 감투일 뿐이었다.

그런 흑영의 위치가 남궁장인가의 성장과 함께 급물살을 탔다.

흑영이 남궁혁과 관계를 잘 맺어 둔 덕분에 남궁장인가는 성장한 후에도 흑점과 지속적으로 거래를 이어 나갔으니까.

덕분에 흑영도 흑점 내에서 상당한 평가를 받고 있었다.

호가호위라고 뒤에서 입방아를 찧는 놈들도 있지만, 어찌 됐거나 흑점이라는 단체는 어떤 지역에, 어떤 거래처를 끼고 있느냐가 능력이나 다름없는 곳이니까.

게다가 이번 경매에서 흑영은 남궁장인가의 진행자 역할까지 도맡게 되었다.

이번 일은 흑점에게 금전적으로 큰 이득은 없었다.

그러나 대문파들에게 남궁장인가와 연결된 끈이라는 인식을 확실하게 심어 줄 수 있는 계기가 되었다.

흑점과 같은 단체는 이런 인식이 돈보다 큰 자산인 셈이니 남는 장사였다.

이번 경매를 잘만 진행하면 흑영의 흑점 내에서 위상은

더욱 커질 터였다.

'그렇다면 화산과 청성을 포함한 섬서 총괄 지부장도 꿈은 아니지. 후후후.'

부푼 꿈을 가슴에 품은 흑영은 자신을 향해 쏟아지는 대문파 고수들의 시선을 받아 내며 첫 번째 경매를 시작했다.

"오늘 경매는 총 세 개의 무기가 올라옵니다. 곽상신 장인이 천 일을 두드려서 만들었다는 천일도! 남궁규원 장인이 만 번의 담금질과 천 번의 세공을 거쳐 만든 천비도(天飛刀)! 그리고 마지막으로 모두들 기대하고 계시는 기린지장 남궁혁 장인의 환귀검!"

환귀검의 이름이 외쳐지자 분위기가 급격하게 술렁였다.

경매는 분위기를 띄우기 위해서 다른 장인의 무기들로 먼저 진행했다.

그래야 환귀검을 못 얻은 문파들도 아주 헛걸음을 했다는 생각을 하지 않을 테니까.

환귀검에 비할 바는 아니었지만 곽노가 만든 천일도와 남궁규원의 천비도도 상당한 명품이었다.

"그러면 우선 천일도의 경매부터 시작하겠습니다. 은자 백 냥부터 시작입니다!"

흑영의 호기로운 목소리와 함께 이 층 누각에서는 손을 들어 금액을 외치는 소리가 요란하게 울려 퍼졌다.

다들 한 내공 하는 고수들이라 오백 냥, 천 냥, 외치는 목소리들에 공력이 실려 있어 그 분위기가 웅장했다.

혹시 환귀검을 확보하지 못할 상황을 대비해서인지 천일도의 가격은 훅훅 뛰어올랐다.

"은자 삼천 냥! 천일도 은자 삼천 냥에 최종 낙찰입니다!"

천일도를 낙찰 받은 금림상단의 행수가 자리에서 일어나 박수 소리에 포권을 취해 보였다.

생각지도 못한 금액에 일 층에서 경매를 지켜보고 있던 곽노가 믿을 수 없다는 얼굴로 눈을 끔뻑거렸다.

곽철과 곽은은 그런 조부를 축하하기에 바빴다.

남궁혁은 그들을 흐뭇하게 바라보며 이어지는 경매를 기다렸다.

그다음 순서는 아버지 남궁규원의 천비도였다.

품질은 곽노의 천일도를 상회했지만 아무래도 비도라는 무기 특성 상 경매가가 크게 높지 않을 것 같았다.

'아버지가 실망하시면 안 되는데. 경매 순서를 바꿀 걸 그랬나.'

이제 와 고민이 됐지만 어쩔 수 없었다. 그래도 가주의 무기가 첫 번으로 경매될 수는 없으니까.

"다음은 남궁규원 장인의 천비도! 은자 삼백 냥부터 시작을─"

"삼천 냥!"

경매 시작을 알리자마자 누군가 손을 번쩍 들며 카랑카
랑하게 외쳤다.

오만한 자세로 한쪽 귀빈석을 차지하고 앉은 이는 당가
의 여식인 당은혜였다.

비도도 암기의 일부이니 당가가 입찰에 나선 건 당연했
다.

그러나 남궁혁과 당가 사이의 불미스러운 사건을 생각하
면 당가의 이번 경매 참가는 의아한 일이었다.

"삼천오백 냥이오."

잔잔한 음성으로 입찰가를 올린 이는 강주상단의 행수였
다.

앞서 천일도를 경쟁자인 금림상단에게 빼앗겼으니, 강주
상단으로서는 천비도 정도는 확보해야 체면이 설 터였다.

"사천 냥이다!"

당은혜는 절대 빼앗길 수 없다는 듯 강주상단이 앉은 쪽
으로 눈을 부라렸다.

당가주의 여식으로 사남매 중 둘째인 당은혜는 오라버니
인 당경민을 보필하는 데 평생을 바치겠다며 독신을 천명한
여인으로, 실질적인 당가의 머리를 맡고 있을 정도로 똑똑

하다고 알려져 있었다.

사실 이번 경매에 당가는 참가하지 않을 생각이었다.

이미 자체적으로 대장간을 보유한 데다가 백호장 당허정이 있는 당문이다.

그런 사천 당가가 이 먼 섬서까지 와서 경매에 참가한다면 오히려 자신들의 격을 떨어트리는 행위였다.

남궁혁에게 패한 당허정도 집안의 어른이니 그 체면을 생각해 줘야 하지 않겠나.

이런 집안 어른들의 생각에 반대한 것이 당은혜였다.

“이대로 가다간 당가 공방에 미래는 없을지도 모
릅니다.”

지금까지 당문의 공방은 폐쇄적으로 운영되었다. 당은혜는 이것이 당허정의 패인이라고 생각했다.

가문 밖의 대장간들과 경쟁하지 않고 당가에 필요한 물건만 만들다 보니 전체적으로 실력이 하락했다는 것이다.

뼈아픈 패배를 겪은 당허정과 젊은 신예 장인인 남궁혁의 실력을 직접 견식한 공방의 장인들은 이를 인정했다.

그리고 지금까지의 폐단을 철폐하고 발전하기로 합심했다.

그것을 위해 당은혜가 이 자리에 와 있는 것이다. 남궁장인가의 기술이 녹아 있는 비도를 손에 넣기 위해서.

남궁혁이 만든 환귀검을 손에 넣는다면 가장 좋겠지만 그건 경쟁이 너무 치열했다.

게다가 당가의 주력은 암기니까. 천비도를 만든 장인도 상당한 실력을 갖춘 데다가 남궁혁의 아버지로서 그와 기술을 교류한다는 말이 있으니 더할 나위 없는 선택이었다.

"오천 냥이오."

"육천 냥!"

"육천삼백 냥이오!"

사천 당가와 무림 남부를 주름잡는 강주상단의 대결이 치열해졌다.

침착해 보이던 강주상단의 행수는 목소리를 높였고 당은혜는 아예 자리에서 일어나 삿대질을 하듯 가격을 올렸다.

"곧 가격이 결정 나겠구나."

남궁현열은 이 장면을 흥미롭게 지켜보았다.

"그걸 어찌 아십니까, 아버지?"

"강주상단의 이번 섬서행은 단순히 고급 무기 하나를 얻기 위함이 아니다. 이급과 삼급의 무기를 대량 수매하는 것에 목적이 있지. 그걸 제하고 나면 강주상단이 가용할 금액은 칠천 냥이 되지 못할 게다."

과연. 기세 좋게 가격을 올려 가던 강주상단의 행수가 조금씩 주춤거리기 시작했다.

당은혜가 회심의 미소를 지었다.

"칠천오백 냥!"

"칠천오백 냥입니다! 더 입찰하실 분 안 계십니까?"

강주상단의 행수는 이를 악물며 입찰을 포기했다. 다른 이들도 손을 들지 않았다.

"사천 당가에서 천비도를 칠천오백 냥에 최종 낙찰하셨습니다!"

당가를 향한 축하의 박수 소리가 이어졌고 당은혜가 사방을 향해 인사했다.

일 층에서는 남궁규원을 향한 축하가 한창이었다. 남궁규원은 아까 천비도의 가격이 사천 냥을 넘으면서부터 이미 눈가를 축축이 적시고 있었다.

대장장이가 되어 지금까지 만든 무기 중 가장 높은 평가를 받은 것이다.

자신 혼자였다면 과연 이런 성과를 이룰 수 있었을까.

남궁규원은 눈가를 훔치며 제 옆에서 거듭 축하를 건네는 아들 남궁혁의 손을 꽉 붙잡았다.

지금의 남궁규원이 가진 모든 것은 아들 남궁혁이 만들어 준 것이나 다름없었다.

"아버지."

"……고맙다."

이 얼마나 복덩이 같은 아들인가. 남궁규원은 이제 훌쩍 자란 아들의 굳은살 가득한 손을 매만졌다.

처음 그 작은 손으로 작은 망치를 쥐었을 때는 아들이 이렇게 대단한 사람이 될 거라고는 생각하지 못했는데.

그런 남궁규원의 감상을 이해한다는 듯 남궁혁이 아버지의 손을 꽉 붙잡았다.

부자는 그렇게 손을 나란히 잡은 채, 마지막 경매를 지켜보기 시작했다.

마지막 경매를 위해 남궁장인가의 하인들이 분주하게 경매대 위를 정돈하는 동안 이 층 누각 위에서는 마치 중요한 비무를 앞둔 것과 같은 긴장감이 흘렀다.

이미 입찰에 성공한 금림상단과 사천 당가를 제외한 나머지 문파들이 서로를 견제하며 만든 분위기였다.

정말 명검을 탐내서 참가한 문파도 있었지만 문파의 명성을 위해 이 자리에 온 이들도 있었다.

종남파가 바로 그런 문파 중 하나였다. 종남을 대표해 참가한 이대 제자 탁원일은 사형 채원배에게 말을 걸었다.

"사형. 곧 시작입니다."

"그래. 사문에서 허가한 돈이 총 은자 만오천 냥이렸다."

"예. 무시무시한 액수군요. 사문에 이렇게 돈이 많은 줄 처음 알았습니다. 그래도 본문은 도문인데 말이지요."

"내년 문파 예산까지 털어 모은 여윳돈이다. 그만큼 어른들께서 이 경매를 중히 여기시는 게지."

"그래도 고작 검 하나일 뿐인데……"

탁원일로서는 도통 이해가 안 가는 일이었다. 그는 줄곧 수련에만 몰두한 데다가 검소하기 짝이 없어 명검에도 큰 욕심이 없는 자였다.

반대로 채원배는 종남의 재정을 담당하는 자여서 종남에 있어 이번 일이 갖는 의미를 잘 알고 있었다.

"매년 들어오는 후원도 점점 줄어들고 새 제자도 줄어드는 판국이다. 어르신들께서 구대문파 내에서 종남의 위상을 높일 필요성이 있다고 보신 게지."

"고작 검 하나를 산다고 그게 올라간답니까?"

"고작 검 하나가 아니다. 종남이 환귀검을 손에 넣는다면 그건 곧 다른 구파일방과 오대세가, 천하이대상단도 손에 넣지 못한 검을 소유한 문파가 되는 게다."

"아하, 그렇게 생각할 수도 있군요."

"정사대전이 벌어지는 것도 아니고 마교가 득세하는 것도 아닌 평화로운 시절이니, 이런 식으로라도 화제의 중심에 서야 하는 게지."

그런 생각을 하는 것이 비단 종남파만은 아닌 듯 모두들 경매대 위를 뚫어져라 바라보고 있었다.

그리고 마침내 준비를 끝낸 경매대 위에 다시 사회자 흑영이 올라섰다.

"귀빈 여러분, 오래 기다리셨습니다. 지금부터 환귀검의 경매를 시작하도록 하겠습니다!"

흑영이 마지막 경매의 시작을 알리며 고급스러운 석단 위를 덮어 두었던 붉은 천을 휙 벗겨 냈다.

곧 아름다운 자태의 검 한 자루가 모습을 드러냈다.

"오오…… 아미타불……."

"무량수불. 참으로 대단한 검이로다."

소림과 아미의 승려들이 불호를 내뱉고 도사들은 도호를 외쳤다. 그 외의 사람들은 저마다 각자 다른 방식으로 감탄을 내뱉었다. 대체 재질이 무엇으로 되어 있는 건지, 검청색의 검은 유려하게 빛나고 있었다.

일반적으로 검은 색 검은 요사스럽다는 인식이 있는데 이 검은 오히려 신비스러운 기운이 돌았다.

무림의 명숙들이 모두 검 하나에 혼을 빼고 있을 때, 흑영이 외쳤다.

"환귀검 입찰 시작 금액은 은자 오천 냥입니다!"

"오천 냥!?"

경매를 지켜보던 남궁혁이 헛바람을 토해 냈다.

원래 합의되어 있던 환귀검의 시작가는 은자 천 냥이었다.

그런데 갑자기 그 다섯 배인 오천 냥이라니?

남궁혁이 놀라 옆자리의 민도영을 돌아보았다.

"혹 지부장이 분위기를 보고 시작가를 올린 모양입니다. 지금까지의 낙찰가를 보아선 괜찮을 겁니다."

"그렇겠죠?"

남궁혁은 다시 조마조마한 기분으로 시선을 돌렸다.

환귀검이 얼마에 낙찰되느냐는 남궁장인가의 명예와도 직결되는 문제였다.

물론 일급에서 삼급에 이르는 물건들도 남궁장인가라는 이름하에 더욱 가치를 지닐 수 있었다.

여러모로 이 자리에 있는 모두에게 중요한 순간이라고 할 수 있었다.

"화산이 육천 냥일세!"

"모용 모가 칠천 냥을 부르겠소!"

"무당에서 칠천오백을 제시하오!"

"진주의 언가가 은자 팔천 냥에 가져가겠소!"

오천 냥이라는 상당한 시작 가격에 움찔하던 이들이 순식간에 입찰가를 올리기 시작했다.

수 개의 손이 한꺼번에 올라가고 여기저기서 금액을 외치는 소리가 쩌렁쩌렁 하늘을 울렸다.

"강주상단이 만이천 냥이오!"

"화산이 만삼천 냥이네!"

가격이 천정부지로 올라갔지만 손을 내리는 이는 없었다.

과열된 분위기를 잠시 가라앉히고자 흑영이 손을 들어 이들을 제지했다.

"지금부터는 이천 냥씩 호가하겠습니다!"

경쟁자를 추리기 위한 방책이었다. 너무 대책 없이 과열되다 보면 최종 금액을 지불할 능력이 없는 이들이 큰 금액을 불렀다가 입찰을 취소하는 불상사가 발생하기도 하니까.

지금 최고 입찰가는 화산의 만사천 냥. 화산을 이기려면 만육천 냥 이상을 불러야 했다.

"소림이 은자 이만 냥이다!"

"이만 냥?!"

"소림이?"

모두의 시선이 소림이 앉은 귀빈석으로 향했다. 소림에서 유일하게 참가한 범오선사가 그 자리에 앉아 있었다.

구대문파 중 가장 많은 후원을 받는 문파긴 하지만 주력 무공도 아닌 검에 이만 냥을 부르다니.

소림의 검소함을 잘 알고 있던 이들은 의아해했고, 범오선사를 아는 이들은 고개를 절레절레 저었다.

보나 마나 범오선사를 아끼는 노승들이 그를 위해 귀한 보물을 하나둘 내주었음이 분명했다.

아무리 가격이 높아 봤자 이만 냥을 넘지 않을 거라고 여겼던 화산과 종남, 모용세가, 강주상단 등이 입찰을 포기했다.

남은 건 무당과 소림뿐이었다.

"무당에서 이만삼천 냥을 제시하겠소."

"이 범오가 이만사천 냥을 부르지!"

범오선사와 무당의 허량도인의 치열한 시선이 한 점에서 만났다.

사실 무당은 환귀검에 만오천 냥 이상을 부를 생각이 없었다. 그러나 이 검이 다른 문파도 아니고 소림으로 간다면 얘기가 달라졌다.

구대문파 중 검으로서 최고를 자처하는 무당이 이만한 검을 검술 명문도 아닌 소림에 넘기자니 자존심이 상한 것이다.

"이만오천이오, 무량수불!"

"이만팔천일세!"

"이만구천!"

"삼만!"

소림의 범오선사가 삼만 냥을 부르자 경매장은 순식간에 정적에 휩싸였다.

일개 대장장이 문파의 경매에서 삼만 냥이라는 거금이 언급된 것이다.

누군가의 침 꿀꺽 삼키는 소리가 들릴 정도의 정적 속에서 범오선사는 긴장했다.

그의 품속에는 방장이 부디 다 쓰지는 말아 달라고 신신당부한 태을전장의 은자 삼만 냥짜리 전표가 있었다.

고지가 코앞인 상황에서 장문인의 말이 기억날 리가 없었다. 그가 긴장하는 건 누군가 삼만 냥 이상을 부를지도 모른다는 점 때문이었다.

그는 꾸준히 수련해 온 안력으로 저 건너편에 있는 허량도인의 안색을 살폈다.

그가 입술을 깨물며 크윽, 신음성을 토해 내는 것이 범오선사의 눈에 들어왔다.

그가 이겼다!

"환귀검 최종 낙찰가 은자 삼만 냥! 소림의 범오선사께서 삼만 냥에 낙찰하셨습니다!"

"우와아—!!!"

최종 낙찰가가 결정되자 남궁장인가의 식솔들이 전부 함

성을 질렀다.

정말 생각지도 않은 고가였다. 남궁혁은 얼떨떨했다. 그가 예상한 금액의 세 배 이상을 거뜬히 상회한 것이다.

범오선사는 이 층의 누각에서 훌쩍 뛰어내렸다. 갑작스러운 행동에 모두가 당황했지만 범오선사의 관심은 오로지 환귀검에 쏠려 있었다.

"자네가 남궁혁인가?"

"예, 그렇습니다."

범오선사는 남궁혁에게 가까이 다가가더니 품 안을 뒤적여 삼만 냥짜리 전표를 쥐여 주었다.

"이제부터 이 검은 내 걸세."

그러고는 경매대로 올라가 환귀검을 집어 들었다.

천 년 소림에는 그 명성만큼이나 괴짜 승려도 많다더니 범오선사도 그중 한 명인 모양이었다.

범오선사는 환귀검을 집어 들어 가벼이 휘둘러보더니 콧노래를 흥얼거렸다.

"좋은 소리를 내는 검이로군. 어디 그 예리함도 소리만큼 좋은지 볼까?"

그는 아주 즐겁다는 듯 반대쪽 손으로 허리춤에 찬 검을 뽑아 들었다.

범오선사가 뽑아든 검도 상당히 좋아보였지만 오른 손의

환귀검에 비하니 그 빛이 바랬다.

명검 수집가이자 무공으로도 백대 고수에 손꼽히는 범오선사가 들기에는 다소 아쉬운 검이었다.

남궁혁의 시선을 느꼈는지 범오선사가 어깨를 으쓱였다.

"젊은 시절에 쓰던 검이네. 그래도 빈도가 승려인지라 한 번에 다섯 자루 이상의 검은 갖지 않도록 스스로 규율을 세웠지. 때문에 새 검을 손에 넣으면 가장 예전에 얻었던 검은 처분한다네."

범오선사가 남궁혁에게 자신이 뽑아든 검에 대해 설명하는 동안 남궁규원이 눈썹을 꿈틀거렸다.

"저 검은 설마……."

곽노도 그 검의 정체를 눈치 챈 모양이었다.

"사십 년 전 무림의 오대 장인 중 한 명으로 불렸던 태량도인의 검이군요."

"저 검병의 독특한 십자 무늬는 분명 그것이지."

"태량도인라면, 무당 출신으로 망치를 잡았다던 분 아니에요?"

진우가 예전에 들은 풍문을 떠올리며 물었다.

"그래. 검을 수련하다가 일흔의 나이에 검을 만드는 일에 빠져들어 뒤늦게 이름을 날렸던 분이다. 한 때 모든 무당의 검이 그 분의 손에서 만들어졌지. 그러나 몇 년 후 입적하셔서 그 숫자가 그리 많지는 않다. 그 검을 직접 보게 될 줄은 몰랐군."

"과연 듣던 대로 대단한 솜씨군요. 망치를 잡은 지 몇 년 만에 저만한 검이라."

"그러니까 무당의 모든 검을 도맡을 수 있었겠지."

남궁장인가의 장인들이 범오선사가 뽑아 든 검에 감탄을 보내고 있을 때, 범오선사는 그 대단한 검을 쓱 보더니 제 앞으로 들어 올렸다.

그러곤 우수의 환귀검으로 단숨에 그 검을 내리쳤다.

"헉!"

"세상에!"

검과 검의 부딪침이다. 날선 쇳소리가 들려야하는데 들리지 않았다. 되레 가슴이 서늘할 정도의 서걱—하는 소리가 장내를 울렸다.

검은 마치 종이가 잘려나가듯 가볍게 잘려 나갔다. 동강 난 검 끝이 돌바닥에 챙강! 소리를 내며 떨어졌다.

모두들 놀라 입을 다물 줄 몰랐다. 질 좋은 장검이 두부 잘리듯 잘려나간 것이다.

그러나 이들의 충격은 무당의 도인들에 비할 바가 못 되었다.

"태량 사조님의 검이!"

"무량수불……!"

남궁혁은 걱정스러운 얼굴로 무당파의 자리를 올려다보았다.

범오선사가 반으로 잘라버린 검은 무당 전체를 대변하는 신물은 아니었다. 무당파가 검의 질에 연연하는 장인의 문파인 것도 아니다. 그래도 자파의 사람이 만든 검이 만인의 눈앞에서 썰려나가는 광경이 유쾌할 리가.

그런 걸로 치졸하게 해코지를 할 만한 문파가 아니라는 점이 다행이긴 하지만, 이 일이 대체 어떤 식으로 이어질지.

남궁혁은 머리를 털었다. 일어나지도 않을 일을 걱정하기보다는 당장의 성공을 기뻐하는 쪽이 나았다.

남궁장인가의 식솔들뿐 아니라 경매에 참가한 귀빈들 모두 남궁혁의 마무리를 기다리고 있었으니까.

가주는 남궁규원이었지만 남궁장인가를 이끄는 실질적인 힘이 소가주 남궁혁임은 이미 모두가 알고 있었다.

그런 자리에 있는 사람은 걱정과 염려도 함부로 드러내서는 안 됐다.

남궁혁은 표정을 가다듬고 경매대 위에 올라섰다.

"오늘 남궁장인가의 경매에 참석해 주신 귀빈 여러분들께 감사드립니다. 현재 별실에서 남궁장인가의 일급 무기들을 판매 중입니다. 오늘 무기를 낙찰받지 못하신 분들은 그곳에서 아쉬움을 달래 보셔도 좋을 듯합니다."

남궁혁의 말에 강주상단이 눈을 빛냈다. 경매에 온통 실패했지만 사실 그들 상단이 여기까지 온 것은 이 무기들을 대량 매입하기 위해서였으니까.

"경매는 다음에도 열릴 겁니다. 환귀검은 제 삶을 통틀어 최고의 수작입니다만…… 다음 물건이 더 대단할 겁니다."

이건 남궁혁 스스로에게 하는 다짐이기도 했다.

이렇게 많은 사람들 앞에서 공언했으니 더욱 노력하지 않으면 체면이 서지 않을 터. 여전히 스스로에게 엄격한 남궁혁이었다.

어쨌든 그의 말에 사람들의 얼굴에 화색이 돌았다.

오늘의 아쉬움을 달랠 기회가 온다는 생각에 사람들은 웃으며 자리에서 일어났다.

물론 다음에는 오만 냥 정도는 준비해야겠다는 생각과 함께였다.

어떻게 보면 자신이 산 환귀검의 격을 떨어트리는 말일 수도 있는데 범오선사는 시원스럽게 웃었다.

"젊은 장인이 패기가 넘치는구만. 껄껄. 그만한 게 나오면 또 방장을 털어서 사러 오면 되겠지."

이 말을 들은 이들은 소림 방장의 없는 머리카락이 빠지겠다며 천 년 소림을 염려했다.

남궁장인가의 경매는 그렇게 끝이 났다.

강주상단과 금림상단은 경매가 파하고도 별실로 달려가 일급에서 삼급에 이르는 무기들을 치열하게 매입했다.

이들이 매입한 무기가 워낙 많아서 섬서 북부의 모든 표국이 달려올 정도였다.

그간 남궁장인가가 대장장이 문파로서 쌓아 온 저력을 여실히 보여 주는 모습이었다.

장인대로에서는 환귀검이 무려 삼만 냥이라는 거금에 낙찰된 것을 기념하는 잔치가 벌어졌다.

세가에서는 술과 음식을 공짜로 제공하고 사람들은 마치 경매의 성공이 자신들의 일인 마냥 기뻐했다.

第三章
무왕검

남궁장인가의 첫 경매가 성공리에 끝나고 육 개월 후.

북쪽을 향해 날아오던 철새 한 마리가 고개를 갸웃하며 공중을 맴돌았다.

지난해에 없던 건물들이 들어서고 하늘에 피어오르는 연기가 두 개에서 여섯 개로 늘어난 탓이었다.

갑작스러운 변화에 갈피를 잃은 철새가 하늘만 뺑글뺑글 돌고 있을 때. 한 마리 매가 매서운 소리를 내며 땅으로 내려앉았다.

삐에에에엑—!

무시무시한 맹금류에게 공격받는다고 생각한 철새가 비

명을 질러 댔다.

그러나 매는 철새를 거들떠보지도 않고 여섯 번째 연기
가 피어오르는 곳으로 유유자적 날아 내려갔다.

남궁장인가가 새로 증축한 세 번째 장원의 한구석에 그
매의 주인이 있었다.

"어이쿠, 요놈. 눈앞에 먹이가 떡하니 있는데 지나치다
니. 끌끌."

매를 보고 혀를 찬 이는 개방의 장로 구걸이었다.

구걸의 앞에 내려앉은 매는 미리 준비되어 있던 신선한
고기를 뜯어 먹었다.

개방 전용의 전서응인 걸응이었다.

"남궁장인가가 매번 먹이를 준비해 두니 이놈도 게을러
진다니까. 예끼, 이놈아. 그만 처먹고 어서 정보나 내놓거
라."

구걸이 타구봉으로 걸응의 부리를 툭툭 때렸다.

걸응은 식사를 방해당한 것이 짜증 나는 듯 가볍게 날아
올라 구걸의 손등을 콕콕 쪼았다.

"어쭈, 요놈이?!"

그러나 그것도 잠시. 구걸이 걸응을 상대로 진지하게 기
세를 뿜어 대자 하늘의 제왕은 금세 부리를 거두고 후다닥
바닥으로 내려앉았다.

"흥, 진작 그럴 것이지."

구걸은 걸웅이 적는 암호를 해독하며 싱글벙글 웃었다.

남궁혁이 옆에 있었다면 고작 매 한 마리를 상대로 전력을 보이냐고 혀를 찰 모양새였다.

"호오. 범오선사가 또 비무에서 승리를 거뒀다라. 남궁혁 그놈이 알면 좋아라 하겠군."

구걸은 걸웅의 암호를 발로 쓱쓱 지웠다. 또 이 정보로 뭘 얻어먹을까 생각하자 절로 발이 재개 날래졌다.

구걸의 발로도 남궁혁이 있는 곳까지는 한참을 뛰어야 했다.

지난 경매 이후 남궁장인가의 명성이 하늘을 찌를 듯 높아졌기 때문이다.

남궁장인가에 소속되길 원하는 장인들이 구름같이 밀려왔다. 저 멀고 먼 해남도에서 찾아온 장인도 있었다.

물 들어올 때 노 젓자는 민도영의 의견에 따라 두 번의 장인 선발을 거친 결과, 공방부는 총 육십 명 규모의 장인들을 보유하게 되었다.

그리고 이들이 머물 곳과 일할 곳을 새로 지으면서 규모가 엄청나게 커진 것이다.

환귀검으로 얻은 수익이 받쳐 줬기에 가능한 일이었다.

게다가 금림상단과 강주상단에서 일급부터 이삼급까지

무기의 수요가 끊임없이 늘어난 덕분에 공급과 수요가 얼추 맞아떨어지기도 했다.

사방 장인이 속한 곳 중 가장 큰 규모를 지녔다는 황실의 보급창 장인의 숫자가 총 백여 명.

이곳을 제외한다면 사실상 무림에서 가장 큰 대장장이 세력인 셈이었다.

남궁혁 개인의 명성도 널리널리 퍼져 나갔다.

새 검을 손에 넣은 범오선사가 강호행에 나선 덕분이었다.

환귀검의 명성과 소림 제일의 검수에 도전해 보고자 나선 이들이 하나둘 범오선사의 검에 꺾여 나갔다.

그들의 검이 하나둘 잘려 나갈 때마다 이상하게 남궁장인가를 향한 선물 공세가 이어졌다.

대문파들이 다음번 검에 대한 우선권을 얻기 위해 열띤 경쟁을 벌인 것이다.

특히나 남궁혁이 다음번 검은 환귀검을 능가하는 검일 거라고 천명한지라 더욱 그랬다.

구걸은 바로 그 검을 만드는 걸 구경하기 위해 남궁장인가에 와 있었다.

개방이야 그 열띤 경쟁에 뛰어들 만큼 재력이 넉넉하지 않아, 남궁혁이 새 검을 만들기 시작했다는 것이 중요한 건 아니었지만, 그 정보를 비싸게 팔 수는 있으니까.

물론 구걸 개인의 호기심도 있긴 했다. 남궁장인가에 오는 게 좋기도 하고.

뭔가 꼭 일을 해 줘야 제대로 된 대접을 받을 수 있다는 단점이 있긴 하지만 남궁장인가는 밥도 맛있고 잠자리도 편안했다.

또 구걸이 남궁장인가에 간다고 하면 방주나 장로들이 유독 잘해 주기도 했다.

요새 화제의 문파라 남궁장인가에 대한 정보 수요가 급증했으니까.

특히 소가주 남궁혁이 아직 미혼이다 보니 남궁혁의 취향이나 그 주변의 여인들에 대한 정보도 무기에 대한 정보만큼이나 비싸게 팔렸다.

구걸이 무심코 흘린 '남궁혁은 닭고기를 좋아한다더라.' 따위의 말도 정보가 될 정도였다.

이 정도니 구걸이 거지한테마저 귀찮게 일을 시키는 남궁장인가에 오는 걸 좋아할 법도 했다.

그러나 공방에 와도 남궁혁의 모습은 보이질 않았다.

"꼬맹아. 니 사부님 어디 갔냐?"

이미 구걸보다 훌쩍 키가 큰 진우인데도 구걸은 계속 진우를 꼬맹이라고 불렀다.

처음 봤을 때의 조그마한 모습이 뇌리에 박힌 탓이었다.

구걸의 물음에 진우는 망치질을 멈췄다. 이제 집게와 망치를 쥐고 화로 앞에 앉아 있는 모습이 잘 어울렸다.

지난번 장인 선발에서 당당하게 남궁장인가의 장인으로 뽑힌 진우는 급격하게 불어난 장인들 중 스무 살 미만의 젊은 장인들로 이루어진 육 조의 조장을 맡고 있었다.

"사부님 지금 세가에 안 계세요."

"엥? 아침까지만 해도 있었잖냐?"

"새 신검 만드신다고 아침 먹자마자 나가셨어요."

"새 신검?"

"네. 저번 경매 때 공언하신 그거요."

진우가 대답하자마자 구걸은 바람보다 빠르게 공방을 빠져나갔다.

이 소식을 누구보다 빨리 본타에 전해야 했다. 하오문이나 흑점 따위보다 늦을 순 없었다.

'걸웅 그놈이 후딱 처먹고 가 버리지 않았어야 하는데!'

다행히도 걸웅은 아직도 게걸스럽게 고기를 뜯고 있었다.

한 근이나 되는 소고기가 벌써 바닥을 보였다. 구걸은 가슴을 쓸어내리며 걸웅에게 암호를 전했다.

또다시 무림을 뒤흔들 정보가 개방 본타로 빠르게 날아

가기 시작했다.

*　　　*　　　*

그 시각 남궁혁은 세가의 공방도 개인 공방도 아닌 다른 곳에 있었다.

남궁장인가를 포근하게 감싸고 있는 한 이름 없는 산.

화산이나 무당산 같은 유명한 산과는 비교할 수 없지만 그래도 지세가 좋고 자연의 기운이 넘실거리는 곳이었다.

남궁혁은 종종 수련을 해 왔던 그 자리에 작은 대장간을 지었다.

재료를 옮기기 힘들다는 단점이 있긴 했지만 더 좋은 검이 나올 것 같아서였다.

화로에 첫 불을 올리자 작은 대장간에 열기가 차오르기 시작했다.

산속이라 공기가 좋아서인지 불길이 유독 맑게 일렁였다.

남궁혁의 옆에는 새로운 검을 만들 재료들이 차곡차곡 준비되어 있었다.

타고난 단단함을 자랑하는 묵철부터 떨어진 유성의 조각에서 추출했다는 유성철. 천 년 동안 땅속에서 웅크려 있었다는 금화 이무기의 뼛가루까지.

이 귀한 재료들은 남궁세가에서 지원해 준 것들이었다.

어차피 남궁세가가 가지고 있어 봤자 쓸 데도 없다며 보내 준 것들이지만, 이번 검이 남궁현열에게 바치는 것이기에 받을 수 있는 물건들이었다.

남궁혁의 입장에서야 귀하디귀한 재료를 재료값 한 푼안 내고 써 볼 수 있으니 좋은 일이었다. 안 쓰는 거나 남는 건 그냥 가져도 된다고 하니 더할 나위 없었다.

사실 환귀검의 가격을 생각해 보면 그게 그거인 거 같지만, 이런 재료들은 돈 주고도 구할 수 없다는 점에서 남궁혁이 오히려 이득일지도 몰랐다.

남궁혁이 몇 달을 고심해 배합한 재료들이 부글부글 끓기 시작했다.

오묘한 색을 내며 녹아들어가는 쇳물에 남궁혁은 또다시 오행신공의 진기를 불어넣었다.

지난번의 환귀검과 달리 이번에는 은은한 연보라색이 감돌기 시작했다.

오행 중 금의 기운을 좀 더 불어넣는 것이다.

남궁세가 검의 특징은 중검이다.

그리고 이를 가장 잘 표현하는 것이 바로 제왕검형이다.

만인을 오시하는 제왕의 기도를 기본으로 하는 묵직한

검공.

이에 비해 창궁무애검은 바람과 같은 가벼움과 속도를 중시하는 검법이었다.

이 둘의 특징을 절묘하게 섞어 펼치는 균형 잡힌 검공이야말로 남궁세가 무공의 진수였다.

각자 무거움과 가벼움 어느 쪽을 중시하느냐에 따라 검수마다 자주 쓰는 검법이 달라지는데, 가주 남궁현열의 경우는 제왕검형을 자주 쓰기로 유명했다.

남궁옥은 제 아버지의 제왕검법에 대해 이렇게 말했다.

"천하의 역도가 되는 기분으로 그 검을 받아내야
 한다. 그 정도 각오가 없다면 검을 들고 서 있을 수
 조차 없다."

앞에 서는 것만으로도 기세가 꺾이는 검이라.

남궁혁은 그 기분을 상상하며 검을 만들기 시작했다.

남궁장인가를 둘러싸고 있는 섬서의 한 이름 없는 산골짜기에서 엄청난 기운이 피어오르기 시작했다.

*   *   *

삼 개월 후.

안휘의 남궁세가 본가에서는 석 달마다 있는 세가회의가
한창이었다.

가주와 가문의 주요 직책을 맡고 있는 사람들, 그리고
방계와 기타 관련이 깊은 문파의 사람들까지 모이는 제법
큰 회의였다.

그중 젊고 준수한 청년 하나가 자신의 의견을 얘기하고
있었다.

"남궁장인가가 아무리 세가의 방계요, 떠오르는 신흥 문
파라고 하지만 그래 봤자 대장장이에 불과합니다. 아무리
생각해도 가주께서 세가의 보물들을 무상으로 넘기신 처사
는 이해하기 어렵습니다. 시중에 판다면 자그마치 만 냥이
넘는 물건들입니다."

청년의 발언에 몇몇 사람들이 고개를 끄덕였다.

남궁장인가의 경매가 끝난 이후 남궁현열이 검을 만들어
달라며 각종 희귀한 재료들을 보낸 것에 대한 불만이 은근
했다.

"문 행수. 자네 생각은 알겠네. 당장 그것들이 아까울
수도 있겠지. 그러나 그 재료를 통해 받을 검을 생각한다
면 그리 아까울 것도 없네."

"가주님. 이곳은 남궁세가입니다. 언제부터 우리 남궁

세가가 엎드려 절 받을 정도로 구차해졌습니까? 그래 봤자 방계 아닙니까. 그저 신검을 바치라는 한 마디 말로도 충분했을 겁니다. 본가에 검을 상납하는 것만으로도 영광으로 알아야지, 만들 재료를 달라니 너무 오만한 것 아닙니까?"

"재료를 제공하겠다는 건 내가 먼저 꺼낸 말이다."

"분명 남궁혁이라는 작자가 가주님께서 그런 말을 꺼내도록 의도했겠지요. 기린지장이라더니 참으로 교활한 작자가 아닙니까. 애초에 환귀검의 경매를 포기하게 한 것도 마음에 들지 않습니다."

이번에도 사람들이 고개를 끄덕이자 남궁현열은 한숨을 푹 내쉬었다.

그래도 계속 자신을 질타하는 저 젊은 행수를 무작정 나무랄 수는 없었다. 저 치도 세가를 생각해서 하는 말이었으니까.

청년의 이름은 문권열. 남궁세가와 몇 세대에 걸쳐 혼인 관계를 맺어 온 태안상단의 차기 상단주로, 성만 다르다 뿐이지 실질적으로 남궁세가의 가족이나 마찬가지였다.

남궁옥과 함께 자란 덕에 남궁현열도 그를 아들처럼 여기고 있었다.

때문에 남궁현열은 좋은 말로 그를 타이르려고 했다.

"권열아. 나는 아무리 방계라 해도 그만한 실력을 가진 이를 가족으로 맞아들이진 못할망정 아랫사람 대하듯이 하면 안 된다고 생각한다. 남궁혁이 모용세가나 다른 대문파와 더 단단한 결속력을 맺기라도 하면 곤란하지 않겠느냐. 너희 문 가도 어찌 보면 방계 중 하나인 것을."

"어찌 수백 년의 관계를 맺어 온 태안상단과 그런 방계를 비교하실 수 있습니까!"

문권열은 가주 앞이라는 것도 잊고 소리를 높였다. 남궁현열의 미간이 급격히 구겨졌다.

"네 이놈! 어디서 언성을 높이는 게냐!"

남궁현열의 질책과 함께 거센 기세가 뿜어져 나왔다. 문권열은 순식간에 얼굴이 창백해졌다.

"네가 본가에 다하는 성의를 알고 있기에 네 말을 끝까지 들어 주려고 했다만. 아무리 그래도 도가 지나치구나."

"죄, 죄송합니다. 제가 가주께 무례를 범했습니다."

문권열은 그 자리에서 깊이 사죄했다. 남궁현열은 마음에 안 든다는 얼굴이었지만 기세를 거두었다.

아직 오금이 저릿저릿 했지만 그래도 문권열은 한 번 더 입을 열었다.

"그래도 저는 그 방계에 본가가 너무 저자세를 취하는 건 안 좋다고 생각합니다. 가주께서도 그런 점을 생각해 주셨으면 합니다. 굳이 필사적으로 그 자와 인연을 맺을 필요가 없다는 말입니다."

문권열은 특히나 마지막 말을 크게 강조했다.

이 자리에 있는 대부분은 못 알아들었겠지만 가주 남궁현열은 문권열의 말에 담겨 있는 진의를 알아차렸을 것이다.

'남궁옥과 남궁혁의 혼사는 결사반대다!'

남궁현열이 지난 경매에서 두 사람의 혼사를 입에 담았다는 소식을 듣고 문권열이 얼마나 놀랐던지!

문권열은 남궁옥과 남매처럼 자랐다. 남자라면 찬바람이 쌀쌀 부는 남궁옥에게 다가갈 수 있는 건 문권열뿐이었다.

그에게도 차갑긴 마찬가지였지만 그래도 대화라는 게 가능한 건 그뿐이었다.

남궁옥에게 들어오는 혼담은 많았지만 문권열은 자기가 그녀의 남편이 될 거라고 믿어 의심치 않았다.

남궁세가의 검을 지키고 싶어 하는 그녀에게는 다른 문파로 시집가는 것보다 그를 선택하는 게 나았으니까.

게다가 세가 내 어르신들에게 지지도 높았다.

문권열은 남궁옥과의 혼인이 시간문제일 뿐이라고 여겼다.

지금은 남궁옥이 수련에 더 신경을 쓰고 싶어 하니 그녀를 배려해 기다려 주는 것뿐이었다.

남궁옥을 외조하고 자신은 진정한 남궁세가의 가족이 된다.

이 얼마나 멋진 계획인가.

그런데 고작 변방의 대장장이 방계에게 남궁옥을 준다고 했다니?

이름난 대문파의 후계라면 문권열도 이해할 수 있었다. 남궁옥의 혼사는 정략적인 부분을 무시할 수 없으니까.

하다못해 이렇다 할 뒷배는 없어도 차기 제일인을 노릴 수준의 기대주도 좋다.

하지만 어떤 점에서 봐도 남궁장인가는 아니었다. 뭐 하나 득 될 것 없는 문파, 득 될 것 없는 인사가 아닌가.

'만약 옥 매가 그놈을 좋아한다면 모를까…….'

문권열은 그렇게 생각하다가 고개를 저었다. 말도 안 되는 얘기였다.

함께 자란 자신에게마저 다정한 눈길 한번 준 적 없는 남궁옥이 그자를 좋아한다니.

하여간 문권열의 공박으로 분위기가 어수선해진 사이, 누군가 문을 두드리고 회의실 안으로 들어왔다.

"무슨 일인가?"

남궁현열이 피곤하다는 듯 관자놀이를 주무르며 물었다.

　들어온 사람은 남궁세가의 정보를 담당하는 비천각의 일원이었다.

　회의 도중에 들어온 거라면 꽤나 중요한 사안이 틀림없었다.

　또 골치 아프겠군. 남궁현열이 미간을 구겼을 때였다.

　"남궁장인가로부터의 연락입니다. 가주께 드릴 무기가 완성됐다고 합니다."

　"뭐라고?!"

　남궁현열이 자리에서 벌떡 일어났다.

　"그래. 그리고 뭐라고 하던가?"

　"환귀검 이상의 보검이라 그냥 표국을 통해 보내는 것은 불안하니 본가에서 수령해 갈 사람이 와 주었으면 좋겠다는 내용이었습니다."

　남궁현열의 입이 귀 끝까지 찢어졌다.

　"다들 들으셨습니까? 환귀검 이상의 보검이랍니다."

　"호오. 환귀검 이상의 보검이라니……!"

　"그거 참 기대되는군요, 가주님!"

　아까까지만 해도 문권열의 선동에 휩쓸렸던 이들이 이번에는 남궁현열의 편을 들었다.

그들도 어찌 되었건 무인인지라 보검이 손에 들어온다는 소식에 희열을 느낀 것이다.

"환귀검이 은자 삼만 냥에 낙찰되었으니, 이번 검의 가치는 적어도 본가가 보낸 만 냥의 수 배는 상회하겠군. 문 행수. 이를 어떻게 생각하느냐."

늘 문권열에게 친근한 당숙이었던 남궁현열이 딱딱하게 그를 불렀다.

"어차피 그 재료들도 쓸 수 있는 사람이 없어 내놓아 봤자 팔리지도 않았을 것이다. 이로써 본가가 몇 배의 이익을 본 거지."

"……가주의 말씀이 옳습니다."

"태안상단을 이을 후계자로서 더 식견을 갖추도록 하거라."

남궁현열은 그렇게 말하고 문권열에게서 관심을 끊었다. 그 차가운 태도가 공기로 느껴질 정도였다.

문권열은 이로써 남궁옥의 혼사에 큰 권한을 가지고 있는 남궁현열에게서 큰 점수를 잃었다.

당황스러운 일이 아닐 수 없었다. 그동안 문권열을 아들처럼 아끼던 남궁현열이었는데!

'젠장. 남궁혁, 대체 그놈이 뭐라고……!'

문권열이 이를 벅벅 가는 동안, 다른 이들이 나서서 물었다.

"가주님. 남궁장인가에 가는 사람은 누구로 하실 겁니까?"

몇몇 사람들이 눈을 빛내며 남궁현열에게 자신을 보내달라는 듯 시선을 보냈다.

그 화제의 남궁장인가에 가보고 싶다는 호기심과 환귀검을 뛰어넘는 보검을 제일 먼저 실물로 보고 싶다는 마음.

그리고 혹시나 운이 좋다면 그 정도 보검은 아니라도 괜찮은 검을 얻을 수 있을지도 모른다는 무인 특유의 욕심 때문이었다.

남궁현열은 이들을 둘러보며 고심하다가 입을 열었다.

"남궁장인가로 보검을 가지러 갈 사람은……."

*　　　*　　　*

이 주 후.

산속의 개인 공방에서 망치를 두드리던 남궁혁은 저 멀리서 누군가 빠른 걸음으로 다가오는 소리에 손을 멈췄다.

"진우인가?"

나쁘지 않은 실력의 경공 소리였다. 이 정도 실력이라면 진우나 기린대원들 중 하나일 텐데.

기린대가 여기까지 오는 일은 남궁혁이 자리를 비울 때 경비를 서는 경우 밖에 없으니 서둘러 이쪽으로 오는 주인공은 진우인 모양이었다.

과연. 문을 열고 나가니 진우가 헐레벌떡 뛰어오고 있었다.

"뭐가 그리 급한 거냐?"

"사부님! 헥헥……! 가주 님이 오셨어요!"

"가주님?"

"본가의 가주님이요!"

"숙부님께서?"

지난번 경매 때 남궁현열은 남궁혁에게 자신을 가주라는 딱딱한 말 대신 숙부님이라 부르라 했다.

새 검이 완성되었으니 사람을 보내라고 연락을 보내긴 했지만 설마 본인이 올 줄이야!

남궁혁은 서둘러 안으로 들어가 새로 만든 신검을 들고 나왔다. 그리고 진우에게 화로의 불을 부탁한 후 내려가려고 했다.

그러나 이미 저쪽에서 한 중년 사내의 신형이 다가오고 있었다. 남궁현열이었다.

"숙부님!"

"하핫. 이곳에 보관해 났다기에 직접 왔단다. 기다릴 수가 있어야지."

"오신다고 연락을 주셨으면 미리 세가 쪽에 준비를 해 났을 텐데……."

"아니다. 덕분에 조카의 개인 작업장도 구경하고 겸사겸 사 좋은 게지. 그래, 그 검은 이것이더냐?"

남궁현열의 눈이 소년처럼 반짝반짝 빛났다. 남궁혁은 등에 메고 있던 검을 풀어 건넸다.

"호오, 묵직하군."

검을 받아 든 남궁현열의 눈에 이채가 서렸다.

서걱, 무거운 소리와 함께 검집에서 검이 뽑혀 나왔다.

"오오—"

남궁세가의 가주이자 무림에서 손꼽는 고수로서 수많은 명검을 보아 왔을 남궁현열의 입에서 순수한 감탄이 터져 나왔다.

이 세상에 존재하지 않을 것 같은 순백색. 그야말로 절 대적인 태양의 빛과 같은 찬란함을 휘감은 검신.

오만할 정도로 예리하게 다듬어진 검날.

그 아름답고 넓은 검면에 새겨진 열 개의 글자.

천하제일검가 남궁세가(天下第一劍家 南宮世家)

여기까지만 해도 충분히 감탄할 만한 명검이었다.

그러나 남궁현열이 탄성을 내지른 건 비단 검의 아름다움이나 완성도 때문만은 아니었다.

"검 스스로 패기를 두르고 있는 검이라니⋯⋯!"

남궁현열의 손이 떨렸다. 참으로 오만한 검이지 않나. 남궁혁이 바친 검은 고작 검 주제에 주인 될 남궁현열에게 도전하고 있었다.

그는 씨익 웃으면서 검에 내기를 불어넣었다. 검은 호락호락 자신을 허락하지 않겠다는 듯 부르르 떨었다.

그러나 남궁현열이 누군가. 최고의 명문 남궁세가의 가주다.

거센 파도와 같은 기세가 휘몰아치면서 폭압적인 검기가 뿜어져 나왔다.

"세상에⋯⋯!"

순식간에 삼 장이 넘는 검기가 솟아났다.

아니, 저 눈부실 정도로 하얀 검기는 분명⋯⋯!

"검강! 사부님, 저거 검강이지요?!"

"그래, 검강이다."

남궁혁은 침을 꿀꺽 삼켰다. 검에 검강을 둘렀을 뿐인데 몸에 오소소 소름이 돋았다. 마치 공기 중에 검기가 넘실거리는 것 같은 긴장감이었다.

이내 검은 남궁현열을 자신의 주인으로 인정했는지, 그의 기세와 더불어 더욱 숨 막히는 패기를 뿜어내기 시작했다.

살기를 담은 것도 아닌데 이 정도의 위력이라니!

남궁혁은 그의 손에 들려 있는 게 자신이 만든 검이 맞는지 몇 번이고 눈을 깜빡였다.

내공이 상대적으로 약한 진우는 폭압적인 기세에 숨을 못 쉴 정도였다.

진우의 상태를 눈치 챈 남궁현열이 그제야 검강을 거두었다.

"아주 만족스러운 검이구나."

"숙부님 마음에 드셨다니 다행입니다."

"이렇게 좋은 검을 정말 그냥 주어도 되겠느냐?"

"이미 약속한 바가 있는데 어찌 사내가 한 입으로 두 말을 하게 하세요."

"그것도 그렇긴 하지. 하하핫. 그렇다면 내가 대신 좋은 것을 보여 주마."

남궁현열이 눈을 찡긋했다. 그리고 순식간에 기도가 변했다.

그가 검을 들어 올리는 단순한 동작 하나에 작지 않은 대장간 앞의 공터가 짓눌리는 것 같은 압박에 휩싸였다.

곧 검 끝이 큰 궤적을 그리기 시작했다.

그 무거운 검을 들고도 남궁현열의 움직임은 결코 둔하지 않았다.

오히려 남궁옥의 창궁무애검보다 훨씬 날랬다. 그러나 결코 필요 없는 움직임은 없었다.

계곡을 흘러 내려온 바람이 거칠게 찢어지면서 벽력탄이 터지는 것과 같은 소리가 났다.

한 수 한 수에 시공이 갈라지는 듯했다.

남궁현열은 호흡부터 한 발 한 발 내딛는 보법까지 검과 한 몸이 되어서 검식을 펼치고 있었다.

남궁혁은 저도 모르게 양 주먹을 꽉 쥐었다. 손바닥이 축축했다. 옆에 선 진우는 이미 호흡조차 멈춘 채였다.

모든 감각이 저 위대한 검법을 흡수하기 위해 전력을 다하고 있었다.

검 끝이 만들어 내는 굵고 강인한 선을 눈에 담고 공기를 찢는 소리에 귀 기울이는 것만으로는 부족했다.

전신의 근육이 저 동작을 당장이라도 따라하고 싶다는 듯 꿈틀거렸다.

그만큼 남궁현열의 검은 아름답고, 위대했다. 그리고 강했다.

남궁혁과 진우의 경이 어린 시선을 받으며 남궁현열은

검을 내렸다.

마치 한 시대의 시작과 끝을 본 것 같은 웅장함이었다. 그가 검을 집어넣었는데도 마음이 저릿저릿할 정도로.

이것이 바로 천하를 오시하는 절대 고수 중 한 명의 위용인가!

화경에 들었다며 우쭐댔던 마음이 부끄러울 정도였다.

눈앞의 위대함에 비교하면 자신은 우물 안 개구리나 다름없었다.

남궁혁은 겨우 입을 떼었다.

"이게 설마…… 제왕검형인가요?"

"그래. 네가 만든 검은 제왕검형에 딱이더구나. 현암이가 네게 제왕검형을 보여 준 적이 있더냐?"

"아뇨. 이런 검이지 않을까 상상하면서 만들었어요. 실제로 보니 제 상상을 훨씬 뛰어넘는 검법이지만요."

남궁현열은 의미심장한 미소를 지었다.

고작 대연군림검을 배웠을 뿐인 젊은이가 제왕검형을 상상하며 제왕검형에 가장 걸맞은 검을 만들었다라.

"이 검의 이름은 무왕검(武王劍)이라 짓겠다."

"남궁세가주의 검다운 이름이네요."

"그래. 네가 음각으로 새긴 문장과도 잘 어울리지."

남궁현열은 다시 한 번 검을 뽑아 남궁혁이 새긴 문구를 되새겼다.

무왕검이 가진 무게와도 참으로 잘 어울렸다.

이런 문구를 새길 정도의 담대함이라. 남궁현열은 남궁혁에게 시선을 옮겼다.

보면 볼수록 괜찮고 탐나는 녀석이었다.

"네게 창궁무애검의 전수를 허가하마."

"예?"

"세상에. 사부님, 축하드립니다!"

갑작스러운 허락에 남궁혁은 얼이 빠지고, 진우는 팔짝 팔짝 뛰며 기뻐했다.

"가, 감사합니다."

언젠가는 허락을 받을 거라고 예상하기는 했다.

그래도 그 전 단계인 창궁검법도 아니고 바로 창궁무애검이라니.

무왕검이 대단한 신검이라고는 하나 이 정도의 대가를 받을 줄 몰랐던 남궁혁은 당황했다.

비록 양자라고는 하나 가주의 동생 남궁현암의 경우 엄청난 대가를 치르면서 배운 검법이 아니던가.

게다가 직계 중에서도 아무나 가르치는 게 아니었다. 무공에 대한 자질이 받쳐 주지 않으면 전수하지 않았다.

그만큼 재능이 뒷받침 되어야 하는 상승 절기인 것이다.

또한 어느 정도 남궁세가의 무공 기반을 단단히 다진 후에야 배울 수 있는 무공이기도 했다.

창궁무애검법보다 더한 절기는 제왕검형뿐이다.

그러니 이걸 전수한다는 것은 남궁현열이 정말 큰 인심을 썼다는 뜻이었다.

"제가 아무리 혈족이라지만 방계에게 문외불출의 비기를 그냥 넘기면 숙부님께서 힘들지 않으시겠어요?"

딸 가진 부모라면 이렇게 어른까지 생각해 주는 마음씨를 보면 남궁혁이 탐이 안 날 수 없으리라.

남궁현열은 가장 큰 강적인 모용세가의 가주가 남궁혁을 본 적 없다는 사실에 진심으로 감사했다.

그 모용휘가 남궁혁에 대해 알게 됐다면 경쟁이 더 치열했을 테니까.

"흠, 그거야 그렇지. 그분들도 세가를 걱정하셔서 하는 말이니 허투루 들을 수는 없지만…… 그분들께 남궁장인가의 일등급 검을 한 자루씩 드리면 좀 수월히 넘어갈지도 모르겠구나."

"한 오십 자루면 되려나요?"

"그 정도면 충분하고도 남지."

"이거 제가 이득인 장사가 맞는지 모르겠네요."

"호오?"

남궁혁이 턱을 긁으며 고심했다. 그 모습이 남궁현열의 눈에는 더욱 신선했다.

다른 녀석들이었다면 창궁무애검을 전수받는 대신 자기 문파라도 바쳤을 텐데.

"창궁무애검이야 제가 전수받는 거지만, 남궁장인가의 검은 세가의 물건이니까요. 제가 득을 봐도 세가 전체가 손해를 보면 좀 그렇죠."

"그래도 네 성장이 곧 남궁장인가의 성장 아니더냐."

"그건 그렇지만요. 그렇다면 기왕 검을 받으시는 거, 남궁장인가의 검을 납품받으실 생각은 없으세요?"

"남궁장인가의 검을?"

"원가에서 조금만 남길 테니, 남궁세가의 검 납품권을 전부 주셨으면 좋겠어요."

"흐음. 일등급 검 오십 자루뿐만 아니라 납품권 전부를 달라……."

남궁현암은 수염을 쓰다듬었다. 이 자리에서 쉽게 결정할 수 있는 일은 아니었다.

지금 남궁세가의 검 납품은 태안상단이 독점하고 있었다.

대 남궁세가에 검을 납품한다는 것은 대장간으로서는 큰 명예이므로, 당연히 그 안에 얽힌 이권 문제가 복잡했다.

"본가로 납품되는 검은 그 수량이 만만치 않은데. 그걸 원가에서 조금 더 붙인 가격에 납품하면 남궁장인가에 손해가 되지 않겠느냐?"

"저흰 지금 갑자기 늘어난 장인들이 만들어 내는 물건들을 공급할 큰 수요처가 필요하거든요. 게다가 남궁세가 본가에 납품하는 대장간이라니. 이 무림에서 그만한 영예도 없죠."

"그건 그렇지. 그렇다면 내가 그 조건을 들어줘야 하는 이유는 무엇이더냐?"

"숙부님은 제게 창궁무애검을 전수해 주는 대신 오십 자루의 일등급 검과 저렴한 가격에 품질 좋은 검을 지속적으로 공급받을 수 있는 계약을 따내시는 겁니다."

"각자의 명분과 실리를 챙길 수 있는 조건이로구나."

남궁현열은 고개를 끄덕였다.

안 그래도 요새 태안상단을 맡고 있는 문 씨 집안이 지나치게 남궁세가 본가의 일에 끼어들어서 조금 불쾌하던 차였다.

아무리 한 집안이나 마찬가지라지만 그래도 남궁세가는 남궁 씨가 이끌어야 할 것 아닌가.

차기 상단주라지만 아직 애송이에 불과한 문권열이 남궁현열에게 대들다시피 한 것도 태안상단이 본가의 돈줄을 쥐고 있기 때문이었다.

이참에 태안상단이 가져간 본가의 주도권을 조금 빼앗아 올 수 있으리라.

"좋다. 그렇게 하도록 하지."

"현명하신 선택입니다."

거래가 성사되자 두 숙질은 마주 보고 씩 웃었다.

한 집안을 이끌어 가는 사내들로서 공감대를 형성하는 미소였다.

진우를 내려 보내고 남궁혁이 대장간에 둔 반찬으로 간소한 밥상을 차렸다.

두 사람은 저 멀리 남궁장인가와 장인대로가 내려다보이는 절벽 끝에 자리를 펴고 화기애애하게 식사를 했다.

"전망이 꽤 좋구나. 이 일대가 한눈에 들어오는군."

"안휘에 비하면 그리 대단치도 않은걸요."

"우리 옥이는 어째 안휘보다 여기가 더 마음에 드는가 보더구나."

은근한 말투에 남궁혁이 소채를 씹으며 슬쩍 딴청을 피웠다.

"무림의 여인들도 스물 중반이 넘으면 대체로 혼인을 치르곤 하지. 나야 평생 끼고 살고 싶지만 그 아이 인생도 생각을 해야 하니 슬슬 남편감을 정해 주어야지 싶단다."

"요새 무림의 여고수들은 어느 정도 경지에 이르고 나서야 혼인을 하지 않던가요?"

"그렇긴 하다만. 대체로 초절정에 머무르다가 서른 전후에 하더구나."

남궁현열은 말을 내뱉고 나서야 문득 깨달았다.

남궁혁은 지금 생각할 시간을 달라고 돌려 말하고 있었다.

"……혁이 너는 언제쯤 혼인을 할 생각이더냐? 너 정도 되면 여기저기서 혼담이 꽤 들어올 텐데."

"아직은 무공 수련과 야장일에 더 집중하고 싶어요. 한 오 년간은 생각 없습니다."

지난번 남궁옥이 진심을 내비쳤을 때 남궁혁은 진지하게 고민했다.

그 결과, 지금 당장은 아니라는 생각이 들었다.

한 번 혼인을 해 봤다면 오히려 편하게 결정을 했을 거다.

그러나 두 번의 삶을 살면서도 혼인은 처음이다. 그만큼 신중할 수밖에 없었다.

"그래, 오 년이라…… 오 년이란 말이지."

남궁혁이 이렇게 말 했으니, 갑자기 모용가의 여식과 결혼한다든지 하는 식으로 뒤통수 맞을 일은 없으리라.

그렇다면 괜찮았다. 남궁현열로서는 제 딸이 결코 밀리지 않을 거라는 자신감이 있었다.

"그래. 진정으로 내자에게 충실할 수 있을 때 혼인을 하는 것도 나쁘지 않지."

남궁현열이 고개를 끄덕였다. 정말 얘기가 통하는 사람이라 다행이었다.

第四章

무림맹으로!

　섬서의 장안에서부터 감숙성의 난주를 거쳐, 해가 지는 북서쪽으로 계속 말을 달리다 보면 사람의 인적이 드문 고원지대가 나타나기 시작한다.

　드문드문 자리를 잡은 장족(藏族)의 세력권을 지나고 곤륜이 있는 남쪽이 아닌 북쪽을 따라 쭉 올라가다 보면 마침내 그곳에 도착한다.

　뜨겁게 내리쬐는 태양과 마른 사막만이 존재하는 곳.

　이곳에는 화염산(火焰山)이라 불리는 산이 있다.

　이름처럼 피와 같이 붉은 색의 그 산은 타오르는 열기 때문에 범인의 접근을 허락하지 않는다.

때문에 중원에서 쫓겨난 마교인들은 추적을 피해 이 화염산 안으로 숨어들었다.

찌는 태양과 숨 막히는 열기를 피하기 위해 깊은 공동을 팠고 그 안에서 생활을 영위해 나갔다.

그렇게 몇 백 년이 흐르자 마교의 성세는 다시 회복되었고, 사람들은 주변 지역으로 흩어져 마을을 꾸리기 시작했다.

때문에 지금 이 화염산 내에 있는 지하 성채는 실질적인 마교 본단의 역할을 하고 있었다.

수천의 무인들이 엄중하게 경계를 선 이 지하성채의 가장 깊은 곳.

마교의 십삼 대 교주 마함천과 마교의 군사인 마뇌. 교를 이끌어 가는 사대 호법. 그리고 팔대 당주가 한자리에 모여 있었다.

이 중 새로이 마혈당을 맡은 마혈당주 사철적은 마교를 이끌어 가는 이 회의의 존재감에 압도당한 채 눈동자만 데굴데굴 굴렸다.

그 또한 마교 내에서 손꼽히는 고수이건만, 소문으로만 듣던 사대 호법의 위압감은 무시무시했다.

딱히 기세를 내뿜고 있는 것도 아닌데 눈을 마주치기 두려울 정도였다.

"사 당주. 주 가의 잔당을 추적하는 일은 어찌 처리되고 있지?"

그때 어두운 공동을 울리는 짙은 목소리가 들렸다. 사철적은 저도 모르게 그 자리에 부복했다.

그의 목소리에는 세상을 무릎 꿇리는 무게와 권위가 있었다.

하늘이 아무리 밝다 한들 밤이 오면 어둠에 굴복하는 것처럼.

수백 개의 촛불마저 그의 늘어트린 백발과 형형한 눈빛이 만드는 기괴한 빛에는 저항할 수 없었다.

그가 바로 마교의 교주 마함천이었다.

주 가를 언급하는 그의 목소리에는 아직도 활화산 같은 분노가 타오르고 있었다.

주 가. 그들은 지금 사철적이 맡고 있는 마혈당의 원래 주인이었다.

중원에서 교가 심한 핍박을 받았을 때 교주를 따라 이 험하디 험한 오지로 따라온 여덟 명에서 시작된 유서 깊은 가문이 바로 마교의 팔당이다.

그중 주 씨 가문은 천혈당과 함께 대대로 교주의 부인인 마신녀를 배출하던 곳이었다.

그랬던 그들이 어째서 교를 배신하고 그런 혈겁을 일으

켰는지는 아무도 몰랐다.

주 씨 가문의 추적을 맡고 있는 사철적도 자세한 사실은 모르고 있었다. 아마도 사대 호법과 교주 등 극소수만이 알고 있을 것이다.

"예, 교주. 사막으로 도망친 몇몇은 이미 주살하여 본교 내에 그 목을 걸었고, 중원으로 도망친 년놈들은 아직 추적 중입니다."

"천마신녀는?"

사철적이 침을 꿀꺽 삼켰다.

천마신녀. 주 씨 가문의 외동딸이자 마신의 신녀로서 제 사장을 맡고 있던 주아흔을 일컬음이다.

또한 그녀는 소교주 마헌의 약혼녀이기도 했다.

"주 가를 추적하고 있는 마혈대의 전갈에 의하면, 다른 일족들이 천마신녀를 도주시키기 위해 기를 쓰고 저항하고 있다고 합니다. ……그 때문에 감숙성을 지난 이후로는 행방을 놓쳤습니다."

"놓쳤다?"

사철적은 그 즉시 바닥에 머리를 박았다. 쿵! 돌로 된 바닥이 울렸다. 이마가 찢어지고 피는 검은 바닥을 축축이 적셨다.

"소인을 죽여 주십시오!"

"일어나라, 마혈당주."

다행히 주 가를 멸문시키라는 명을 내렸을 때와 같은 분노는 내비치지 않았다. 그는 대신 검붉은 마기를 내뿜고 있는 옥좌의 손잡이를 손가락으로 툭툭 두드리다가 입을 열었다.

"혈견대를 내주겠다."

"혈견대를……!!!"

교주 직속 부대인 혈견대는 추격에 관한 한 타의 추종을 불허하는 집단이었다.

그런 실력을 가진 혈견대를 지금껏 내주지 않은 데는 이유가 있었다.

한번 노린 추격 대상은 반드시 찾아내 알아볼 수 없을 정도로 갈가리 찢어놓는 데 일가견이 있는 피에 미친놈들인 탓이다.

"하오나 교주님. 천마신녀는 반드시 살려오라고 하시지 않으셨—"

"마혈당주."

"예, 옙."

"나는 천마신녀를 털 끝 하나 상하지 않은 채로 데려오라고 했다. 다른 명령은 내리지 않았을 텐데."

그 말인즉. 저 피에 미친 혈견대를 알아서 잘 통제하라는 뜻이었다.

개개인의 무력은 물론 집단이 되면 사대 호법마저 목줄을 잡아 쥐기 힘들다는 그 혈견대를 이끌어야 한다니.

그래도 교주의 명령은 절대적이었다. 애초에 그가 한 당의 당주가 된 것은 교주의 은덕이 아니던가.

"죄송합니다. 소인이 부족하여 교주의 깊으신 뜻을 헤아리지 못했습니다."

"내게 두 번 말하게 하지 마라."

다행히 교주는 딱히 벌을 내릴 생각은 없어 보였다. 사철적은 안도의 한숨을 삼켰다.

"셋째가 지금 사천 쪽에 있으니 도움을 요청해도 좋을 것이다."

"교주님. 삼 공자는 당가의 일을 도맡고 있습니다. 지금 당장 삼 공자가 그 일에서 빠진다면 큰 차질을 빚을 게 분명합니다."

사대 호법 중 한 명이 나서서 의견을 제시했다. 이 공자를 적극적으로 지지하고 있는 명 호법이었다.

"지금 천마신녀를 잡는 것보다 중요한 일이 있던가?"

"하오나……."

"천마신녀를 잡지 않으면 본 교의 중원 진출은 요원한 것이 된다. 명 호법 자네는 삼 공자가 공을 세우는 그까짓 일이 천만 마교인의 숙원보다 중요하다 이건가?"

교주의 손이 옥좌의 팔걸이를 거세게 내리쳤다. 고작 그 정도의 동작에서도 엄청난 충격파가 몰아쳤다.

명 호법을 제외한 나머지 호법들은 조용히 호신강기를 둘렀고, 팔대 당주는 그 기세를 막아 내면서도 신음성을 삼켰다.

그 기세를 정면으로 받은 명 호법은 강기를 두를 틈도 없었는지 입에서 핏물을 흘리며 자리에 주저앉았다.

"쿠, 쿨럭…… 실언했습니다. 요, 용서해 주십시오!"

"소교주가 천마신녀의 일로 큰 상처를 입고 요양 중이라고는 하나 그 실력이 어딜 가진 않는 법. 마헌은 내 아들이기 이전에 내 제자들 중 가장 뛰어나다. 대공자의 자리가 탐이 난다면 셋째는 교의 율법에 따라 그만한 실력을 갖춰야 할 것이다."

잔잔하나 지엄한 그 목소리에는 경고가 깃들어 있었다. 차기 교주가 누구인지 모두들 명심하라는 듯했다.

"오늘은 여기까지 하도록 하지."

마함천은 불쾌한 기색을 지우지 않으며 자리에서 일어났다.

팔대 당주가 오체투지를 하고 호법들이 고개를 숙였을 때, 여태껏 침묵을 지키고 있던 마뇌 사공도가 조용히 입을 열었다.

"교주님. 이 공자님의 일을 어찌할지 결정해 주셨으면 합니다."

"혈성이 말이더냐."

섬서에서 대공자의 계획을 진두지휘하다가 갑작스레 한 팔을 잃은 이 공자 백혈성의 일은 마교 내에서도 화제였다.

그 실력도 실력이지만 성질 하나는 대공자에게도 쉽게 지지 않는 그가 대체 누구에게 그리 처참한 꼴을 당했단 말인가!

이 공자가 누구에게 당했는지 절대 입을 열지 않았기에 이 일은 더욱더 화제가 되었다.

그러나 그 직후 주 씨 가문의 반란이 일어나 이 공자에 대한 일은 모두의 머릿속에서 잊혀졌다.

그 일을 사공도가 언급한 것이다.

"흉수가 누구인지는 찾아냈나."

"예. 섬서에 있는 남궁장인가의 소가주 남궁혁이라고 합니다."

"남궁장인가?"

"남궁세가의 방계로 최근 대장장이 문파로 이름이 높다고 합니다."

"혈성이가 고작 대장장이 따위에게 당했단 말인가?"

마함천의 미간이 믿을 수 없다는 듯 꿈틀거렸다. 마뇌의 말을 듣고 있던 다른 이들의 반응도 그랬다.

사공도도 그 반응을 이해했다. 자신도 처음 이 얘기를 들었을 때는 그들만큼 의아해했으니까.

"믿을 수 없는 일이긴 하나, 남궁혁이라는 자는 기괴한 술수로 이 공자를 이겼다고 합니다."

"그렇군. 적당히 알아서 처리하게."

"예, 교주님."

사공도가 고개를 깊이 숙였다. 이미 예상했던 반응이었다.

실력이 모든 것을 결정하는 마교. 그곳에서 교주의 제자씩이나 되는 자가 정파 무림의 후기지수 팔검도 아니고 고작 대장장이따위에게 팔을 잘리다니.

그 시점에서 백혈성의 이름은 교주의 머릿속에서 지워진 것이나 다름없었다.

*   *   *

"평화롭군."

남궁혁은 뒷짐을 진 채 남궁장인가 여기저기를 돌아다니고 있었다.

눈에 들어오는 모든 것들이 원활히 잘 돌아가고 있었다.

대장간에서는 수십의 장인들이 망치를 두드리는 소리가 아름다운 음악처럼 울려 퍼졌고, 연무장에서는 활기찬 기합 소리가 터져 나왔다.

새로 지은 건물들에서는 각자 제 몫을 하기 위해 분주하게 움직이는 사람들이 오고 갔다.

기척을 숨기고 지남각에서 빠져나가는 지남단원 하나가 남궁혁의 시야에 들어왔다가 이내 사라졌다.

뭔가 또 새로운 정보가 들어온 모양이었다.

"소가주님, 안녕하세요!"

"소가주님! 방금 한 떡인데 이거 좀 드셔 보셔요!"

"우와, 소가주님이다!"

남궁장인가의 식솔들은 남궁혁이 지나갈 때마다 밝은 얼굴로 그를 맞았다.

그 인사를 일일이 다 받아 주느라 걸음을 뗄 수 없을 정도였다.

창고로 열심히 물건을 나르는 하인들부터 부엌의 식모, 대장간의 어린 도제들까지 한바탕 인사를 받아 주고 나자 어느새 넓은 남궁장인가를 한 바퀴 다 돈 상태였다.

지금까지 남궁혁의 눈에 이렇다 할 문제는 발견되지 않았다.

세가가 아주 잘 돌아가고 있다는 증거였다.

그럼에도 남궁혁의 얼굴은 썩 밝지 않았다.

"지나칠 정도로 평온해."

남궁장인가 내부는 물론, 무림 전체가 평온하기 그지없었다.

지난 일 년간 무림에서 가장 화제가 되었던 사건이 환귀검의 경매일 정도니까.

그 흔한 색마의 등장조차도 없다니. 그야말로 태평성대였다.

이런 평온한 시절이었기에 남궁장인가와 같은 대장장이 문파가 안전하게 세를 불릴 수 있었지만, 훗날 정마대전이 일어난다는 사실을 아는 남궁혁으로서는 심경이 복잡했다.

지난 생의 기억을 더듬어 보면, 앞으로 십 년간은 큰일이 벌어지지 않는다.

애초에 정마대전도 남궁혁의 나이가 마흔이 넘었을 때 일어났던 일이니까.

그러나 지금도 어디선가 백혈성과 대력문의 일처럼 마교의 공작이 벌어지고 있을 게 분명했다.

그렇다고 남궁혁이 중원 전역을 쏘다니면서 마교의 음모를 파헤치러 다닐 수는 없었다.

대력문의 일은 어디까지나 운이 좋았던 거니까.

"역시 세력을 키우면서 때를 기다리는 것 외에는 별 방법이 없나."

정마대전은 앞으로 이십 년은 더 후의 일이다.

지금의 성장세라면 이십 년 후 남궁장인가는 마교의 침입을 막을 주축 세력 중 하나로 충분히 성장할 수 있을 터였다.

"근데 이 불안감은 대체 뭐냔 말이지."

남궁혁은 입을 쭉 빼며 투덜거렸다. 단순히 미래의 일을 알고 있기 때문에 오는 불안감인 걸까?

대력문의 일로 마교가 얼마나 섬세하게 중원 침입을 계획하고 있는지 알게 되어서일지도 모른다.

고작 개인이나 한 가문의 힘으로만은 막을 수 없는 천만 마교인들의 침입.

언젠가는 대문파들과 연합하여 제대로 된 방어 전선을 구축해야 하리라.

지난 생에 마교의 침입을 겪었던 만큼 경험 면에서 남궁혁을 따라올 사람은 없다.

그러나 남궁혁의 말을 대문파들이 듣느냐는 둘째 문제였다.

이전 생에 겪어 봤다고 해 봤자 호접지몽이냐며 놀림을 받기 딱 좋을 얘기니까.

대문파들이 제대로 연합하게 하기 위해서는 남궁혁과 남궁장인가가 그만한 발언권을 가져야 했다.

본가와 끈끈한 유대를 유지하려는 것도 그러한 노력의 일환이었다.

"내가 의견을 냈을 때 남궁세가는 지지해 줄 거고, 개방도 긍정적이겠지. 모용세가는 아직 잘 모르겠지만 그래도 청연이가 있으니까 아주 반대는 하지 않을 거야. 제갈세가는 제갈화영이 나서 줄 거고. 소림도 이번에 인연을 맺었고, 종남도 청람검 이후로 사이가 괜찮아졌으니…… 문제는 당가와 무당인가."

나머지 문파는 그럭저럭 나쁘지 않은 관계를 맺고 있으니 괜찮았다.

두 문파 중에서도 무당은 정파의 한 축이고 도가 계열의 문파이기도 하니 고작 검 하나 때문에 남궁혁과 척을 지려고 하진 않을 거다. 그래도 아직 시간이 한참 남았으니 천천히 친분을 맺으면 되기도 하고.

그러나 사천 당가는 달랐다. 오대세가는 구파일방에 비해 그 자존심이 센 편이었다. 결속력도 남다르니 남궁혁의 의견에 사사건건 딴지를 걸 가능성이 높았다.

"마교를 상대할 때 사천 당가는 필수적인데. 그들의 독과 암기는 일대일 비무에서는 좀 치사할지 몰라도 전쟁의 규모가 되면 없어서는 안 되니까."

당장 일어날 일은 아니지만 쉽게 해결되지도 않는다는
점에서 남궁혁을 고민하게 만드는 일이었다.

당가와 아주 척을 진 것은 아니니 개선의 여지가 있기야
하지만, 어떨 때는 사파와도 비견되는 그들이었다.

그러다보니 한편으로는 그들과 친해지는 방법을 강구하
느니 차라리 다른 문파들의 지지를 얻는 쪽이 더 효율적일
지도 모른다는 생각이 들었다.

"다른 문파들과 친해지는 방법이라…… 무작정 검을 선
물로 보낼 수도 없고."

뭐 좋은 계기가 없을까? 고민하던 남궁혁에게 저 멀리서
민도영이 다가왔다.

"소가주. 여기 계셨군요."

"무슨 일이에요?"

"무림맹에서 초대장이 왔습니다."

"무림맹에서? 거기서 무슨 초대장이 올 일이 있어요?"

"천하 기재 비무 대회가 열린다고 합니다."

천하 기재 비무 대회.

정도 무림맹이 십 년에 한 번 개최하는 후기지수들 간의
비무 대회다.

삼십 세 이하의 무인이라면 누구나 참여 가능하고, 우승

하면 귀한 영단과 큰 상금을 내려 경쟁이 치열하기로 유명했다.

물론 그 유명세는 그 옛날 무림맹이 권위와 힘을 가지고 있을 때의 얘기였다.

마교는 물론 사파도 힘을 못 쓰는, 정파 무림이 힘을 합쳐야 할 필요성이 없는 지금의 태평성대에서 무림맹이란 존재에 가치가 있을 리 없었다.

물론 그간의 공로가 있으므로 각 문파가 소액이나마 지원금을 보내고 중소 문파 간의 갈등 중재를 통해 조직을 유지하고는 있었다.

그러나 현 무림맹주가 구파일방이나 오대세가의 일원도 중소 문파의 문주도 아닌 자라는 점에서 현 무림맹의 위상을 알 수 있었다.

"그런데…… 우승 상금이 은자 백만 냥이라니. 이거 잘못 쓴 거 아니에요?"

"저도 지남단을 통해 급히 확인했습니다만, 정말 백만 냥이 맞다고 합니다."

"이렇다 할 자금원이 없는 무림맹이 어디서 그만한 거금을 모았대요?"

"지금 무림맹주인 도맹건이 이대 상단을 설득했나 봅니다. 이번 대회에 무림맹의 이름값을 올리기 위해 사활을 건 모양이더군요."

삼년 전 새로 맹주 자리에 오른 도맹건은 과거 마교와의 일전에서 큰 힘을 보탰던 은거고수의 하나뿐인 제자였다.

무공뿐 아니라 사람도 꽤 진국이라는 말이 있더니 소문이 사실인 모양이었다.

"이 정도 금액이면 꽤 사람이 모이겠는데요. 다른 문파들의 동향은 어때요?"

"세가가 아직 중소 문파에 해당돼서 전갈이 좀 늦었더군요. 일 차로 초대장을 받은 대문파들은 전부 유망한 후기지수들을 내보낸다고 합니다. 예전에도 구파일방은 무림맹에 대한 의리를 지켜 왔지요. 오대세가도 전부 참가할 전망입니다."

"중소 문파들은요?"

"아직 반응을 수집하고 있습니다만, 금액이 워낙 커서 이름을 날린 이들은 전부 참가할 것 같습니다. 맹주의 계획대로 큰 행사가 될 전망입니다."

"흐음. 그렇단 말이지."

남궁혁은 턱을 긁으며 고심했다. 남궁장인가에서 참가할 만한 사람은 남궁혁뿐이었다. 여기에 참가하는 것이 과연 남궁장인가에 이득이 될까?

"민 총관은 어떻게 생각해요?"

"이번 대회에서 소가주가 굳이 이름을 날릴 필요는 없을 거라고 봅니다."

민도영은 딱 잘라 참가를 반대했다. 남궁혁으로서는 조금 의외였다. 지금까지 공격적인 성장을 권하던 민도영이 아니던가.

"어째서죠?"

"남궁장인가가 일반 무림 문파였다면 응당 나가서 실력을 뽐내야겠지만, 저희는 장인들의 문파가 아닙니까. 너무 과한 재주는 시기를 부르지요. 소가주의 실력이 더 드러난다면 본격적으로 대문파들의 견제가 들어올 가능성이 큽니다."

"언제까지 내 실력을 비밀로 할 수는 없잖아요?"

"최소한 기린대가 소가주의 실력에 걸맞은 무력 단체로 성장해야 합니다. 화경의 고수 한 명만 보유하고 있는 문파와 초절정 이상의 무력 단체가 뒷받침하는 문파의 인식은 다르니까요."

민도영은 이미 생각을 정리해 온 듯 거침없이 자신의 의견을 피력했다.

"적당히 잘나가는 모습은 경쟁과 질시를 부르지만, 압도적으로 뛰어난 모습은 선망과 동경을 부르지요. 첫인상이 중요합니다. 대문파들에게는 동등한 위치라는 인식을, 중소

문파들에게는 감히 범접하지 못할 문파라는 인상을 한 번에 안겨 줘야 합니다."

"총관의 생각도 일리는 있네요. 하지만 이번 기회를 놓치긴 아까운데……."

타 문파들과 더욱 친분을 다지고 남궁장인가의 이름을 드높일 수 있는 좋은 기회였다.

그 자리에는 각 문파의 후기지수들만 오는 게 아니다. 최소 장로급의 인사들이 후기지수들과 함께할 게 빤했다.

정마대전을 생각한다면 지금부터 그들에게 강렬한 인상을 심어 주는 것이 좋았다.

'게다가 이런 큰 사건이 정마대전에 영향을 안 줄 리가 없지.'

당장 생각나는 사건은 없었지만, 대력문 같은 중소문파에도 손을 뻗쳤던 마교가 이런 행사를 좌시할 리 없었다.

"참가하실 생각이십니까?"

"반대하실 거예요?"

"저는 소가주께서 결정하시는 대로 따를 뿐입니다. 제 의견은 그저 참고할 정도로만 생각해 주십시오."

요새 민도영은 부쩍 남궁혁에게 거리를 뒀다. 그 이유가 짐작이 가지 않는 것은 아니었다.

모든 고민을 털어놓을 만큼 가까웠던 이가 멀어지는 건

아쉬웠지만, 민도영도 스스로 생각해 내린 결단일 테니 남궁혁이 이래라 저래라 할 수는 없었다.

"내 실력이 후기지수 팔검에 뒤진다고 생각하진 않아요. 고작 한 명에 불과할지라도 이 정도 실력자가 있다는 인식을 심어 주는 건 나쁘지 않을 거예요."

남궁혁이 알기로 후기지수들 중 화경의 고수는 없었다. 누군가 실력을 숨기고 있을 가능성도 있지만.

"내가 비무 대회 우승을 차지한다면 남궁장인가가 단순히 고수 한 명을 보유한, 만만한 문파로 보이진 않겠죠."

"우승을 하신다면 그럴 겁니다. 백만 냥은 저희에게도 큰 거금이니 세가의 운영에도 도움이 될 거고요."

"내가 우승을 하는 게 민 총관에게도 도움이 될까요?"

"예?"

갑작스러운 말에 민도영이 시선을 맞췄다. 그간 미묘하게 남궁혁의 눈을 피해 왔던 그녀의 눈동자가 파르르 떨렸다.

"능력을 펼칠 기회를 주겠다고 했는데 고생만 시키는 것 같아서요. 나 때문에 남궁장인가가 유명해지면 민 총관이 더 편하게 일할 수 있지 않을까요?"

무슨 말인가 했더니. 민도영은 따스하게 미소 지었다. 이 남자는 알까? 이런 마음 씀씀이 때문에 도통 그에 대한 마음을 접을 수 없다는 것을.

"이렇게 열심히 일할 수 있는 것만으로도 이 민도영에게는 하루하루가 즐거운 나날입니다. 너무 마음 쓰지 마십시오. 그렇다면 남궁장인가가 비무 대회에 참가하겠다는 답장을 보내도록 하겠습니다."

"그래요. 이참에 남궁장인가가 무력도 만만치 않다는 걸 보여 주죠."

일은 일사천리로 진행되었다.

비무 대회까지는 삼 개월이 남았기 때문에 남궁혁은 곧바로 준비해 떠나기로 했다.

일전에 외유를 나갔을 때처럼 세가는 민도영과 남궁규원이 일을 나누어 맡았다.

이제는 남궁혁 없이도 일이 착착 진행될 수 있도록 체계를 갖춰 둔 상태였기 때문에 일의 배분은 어렵지 않았다.

의외로 골머리를 썩은 건 남궁혁과 함께 갈 사람을 선정하는 일이었다.

"이번에도 절 두고 가시면 확 가출해 버릴 거예요!"

"어떻게 소가주 직속 부대인 기린대를 두고 가실 수 있습니까! 이건 말도 안 됩니다!"

남궁혁은 양 관자놀이를 꾹꾹 눌렀다. 진우야 그렇다 쳐도 기린대주 양명까지 이렇게 난리를 칠 줄이야.

"아니, 양 대주. 누가 두고 간댔어요. 몇 명은 데려가겠다니까요?"

"소가주. 그래도 다섯 명은 너무 적습니다!"

"멀리 가는 것도 아니고 무림맹은 지척이잖아요. 괜히 많이 데려가 봤자 번거롭기만 해요."

"소가주께는 저희 기린대가 번거로운 존재입니까?"

"아니, 그게 아니고……."

남궁혁이 말을 흐리자 양명이 버림받은 여인처럼 비참한 얼굴로 슬프게 중얼거렸다.

"하긴, 맞습니다. 저희의 비루한 실력으로는 무슨 일이 벌어져도 소가주께 시간을 벌어 드리는 정도밖에 못하겠지요. 저희도 버러지 같은 저희의 실력을 잘 압니다. 크흡. 이런 실력으로 감히 기린대주를 자처하고 있다니 소가주께 누를 끼치고 있다고 밖에는—"

"아이고, 양 대주. 그만해요. 대체 내가 뭘 어쨌으면 좋겠어요?"

아니, 이게 이렇게까지 할 일인가? 양명 이 사람이 처음엔 안 이랬는데…… 남궁혁이 한숨을 푹 내쉬었다.

진지한 사람들이 뭔가에 빠지면 더하다더니. 양명의 남궁혁 숭배는 갈수록 병세가 심각해져 갔다.

당장이라도 바닥에 엎드려 석고대죄라도 할 것 같았던

양명이 남궁혁의 말에 눈을 빛냈다.

"저를 데려가 주십시오."

내 이럴 줄 알았지. 남궁혁이 혀를 찼다.

"지금까지 몇 번이나 설명했잖아요. 대주는 내가 없는 동안 기린대를 이끌 책임이 있다고요."

"기린대의 제 일 지침은 소가주를 지키는 겁니다."

"아이고 두야……."

"사부님, 괜찮으세요? 여기 물수건이요."

진우 옆에 앉아 있던 진하가 어디서 가져왔는지 깨끗한 물수건을 남궁혁의 머리에 댔다.

"고맙다, 진하야."

남궁혁의 머리가 시원하게 식어 가자 양명이 다시금 눈을 빛냈다.

허락하지 않았다간 자기에게 자격이 없어서 그런 거라며 자결 소동을 벌일지도 몰랐다.

'존경도 지나치면 부담이군.'

양명의 말이 아주 틀린 것도 아니라 더 이상 거절하기도 애매했다.

"좋아요. 대주도 함께 가요."

"감사합니다! 감사합니다!"

남궁혁의 허락에 양명이 재차 머리를 바닥에 대며 감사

를 표했다.

"남궁장인가에서 나만 출전하기도 애매하니까. 양 대주가 기린대의 위상을 널리 알려 줘요. 설마 일 차전에서 지진 않겠죠?"

"물론입니다! 출발 전까지 수련에 수련을 거듭하겠습니다!"

양명의 목소리가 우렁찼다. 그래도 자신을 위해 이처럼 열심히 하는 사람이 수하라는 건 역시 기쁜 일이었다.

드디어 일행에 합류 허락이 떨어진 양명은 싱글벙글 웃으며 이 소식을 기린대에 자랑하기 위해 자리를 떴다.

남궁혁은 피식 웃고는 고개를 돌렸다.

'자, 그러면 양 대주는 일단락 됐고. 문제는 이쪽인데.'

양명이 합류한 탓인지 진우는 더욱 눈을 빛냈다.

양 대주가 눈을 반짝이는 정도였다면 진우의 그것은 거의 활화산 수준이었다.

남궁혁은 차분히 진우를 타이르기 시작했다.

"진우야. 너는 육 조의 조장이잖아. 조장이 빠지면 어떡해? 다들 어린 장인들이라 배울 게 많은데."

"저희 조는 태사부님이랑 곽 어르신께서 나눠서 담당해 주시기로 하셨어요. 이참에 어린 장인들에게 일대 일 지도를 해 보겠다고 의욕 만만이시던데요?"

아이구, 아버지. 남궁혁은 앓는 소리가 절로 나왔다.

진우는 진지하게 자신의 진심을 털어놓았다.

"사부님. 전 진심으로 사부님하고 세상을 돌아보고 싶어요. 야장일이나 무공 외에도 사부님께 많은 걸 배우고 싶단 말이에요."

"앗, 사부님! 저도요! 오라버니만 데려가시면 안 돼요!"

"진하 이 계집애는 안 돼요. 사부님께 무슨 짓을 할지 모르는―, 아얏! 왜 꼬집어!"

"내가 무슨 짓을 해?"

"아프니까 놔―!"

또 저들끼리 투닥거리기 시작한 자신의 두 제자를 보며 남궁혁이 보기 드물게 근엄한 목소리를 냈다.

"진우, 진하. 둘 다 그만해라."

"예, 사부님~!"

"하여간 사부님 말만 잘 듣지, 저 왈가닥."

진우가 작게 투덜거리자 진하가 혀를 쏙 내밀었다가 남궁혁의 눈치를 보며 다시 얌전히 앉았다.

"사부님~ 남자들만 가면 삭막하고 재미없잖아요. 저 요리도 잘해요~"

"쟤 말 믿지 마세요, 사부님. 요리는 제가 더 잘합니다."

"그만, 그만. 알았어. 생각 좀 해 볼게."

"그래 놓고 저희 몰래 떠나시려는 거죠! 안 돼요!"

눈치 빠른 진하가 남궁혁의 팔에 매달렸다. 그때 민도영이 보고를 위해 들어왔다가 상황을 눈치채고 한 마디를 건넸다.

"그리 위험한 일정도 아닌데 동행하지 그러십니까."

"그래도 사람이 많으면 다니기도 불편하고……."

남궁혁이 진우와 진하의 동행을 꺼려하는 데는 이유가 있었다.

지난번 그가 외유를 나갔을 때 습격을 당했던 것 때문이었다.

제자들 둘 다 부족함 없이 무공을 가르쳤지만, 둘 다 이렇다 할 실전은 경험해 본 적이 없었다.

무인이라면 언젠가는 피와 살인을 경험해야 하지만 남궁혁은 두 아이에게 그 시기가 가급적 늦게 오기를, 할 수 있다면 절대 오지 않기를 바랐다.

안 그래도 어린 시절을 험하게 살았던 애들이 아닌가.

때문에 무공을 가르치면서도 가급적 두 아이가 장인으로서의 삶을 살기를 더 바랐다.

그런 남궁혁의 본심을 눈치 챈 민도영이 조심스럽게 말을 덧붙였다.

"무림맹이 있는 대파산까지는 관도도 안전한 편입니다.

오면서 들으니 기린대주도 함께한다고 하던데요.”

“우와, 민 총관님 최고—!”

평소 민도영을 경계하던 진하가 웬일로 애교를 다 떨었
다. 민도영은 어린 소녀의 귀여움에 피식 웃고는 말을 이었
다.

“소가주님의 참석은 이미 무림맹에 알려졌습니다. 생각
이 있는 자라면 이번처럼 대대적인 비무 대회가 열릴 때 소
가주를 노리진 않을 겁니다. 그랬다간 정파 무림맹에 대한
도전으로 여겨질 테니까요.”

“요새처럼 정파 무림이 심심할 때 그런 일이 일어난다면
무림 공적이 되기 딱 좋겠네요.”

“그렇습니다. 이 민도영의 생각으로는 두 아이를 데려가
시기에 이번만 한 적기도 없을 것 같군요.”

“흐음—.”

남궁혁은 민도영의 반대편에 앉은 진우와 진하를 돌아보
았다.

두 아이는 마치 토끼처럼 눈을 반짝이며 남궁혁을 향해
제발—! 이라는 시선을 보내고 있었다.

“좋아. 너희들도 같이 가자.”

“아싸!”

“감사합니다, 사부님!”

"대신 가는 김에 너희들 수련도 함께할 거니까 힘들다고 하면 안 된다?"

"물론이죠!"

"절대 그럴 일은 없을 겁니다!"

두 아이가 활기차게 목소리를 높였다.

이렇게 최종적으로 남궁혁의 무림맹 행에는 여덟 명이 함께하게 되었다.

남궁혁과 진우, 진하. 거기에 기린대주 양명을 포함해 고르고 골라 뽑힌 기린대 다섯 명이었다.

간단하게 소규모로 가고 싶었던 남궁혁으로서는 의도치 않게 혹을 많이 붙인 격이었다.

민도영은 오히려 잘되었다며 남궁혁을 달랬다.

요새 위세를 떨치는 가문의 소가주가 수하 두세 명만 대동하고 가는 것도 보기 안 좋으니까.

어찌 되었건 남궁혁만 빼고 모두가 만족하는 결론이 내려진 채 무림맹으로 향하는 날의 아침이 밝았다.

지난번 외유와는 달리 이번에는 당당히 세가를 떠나기로 했다.

남궁혁과 일행이 출발 준비를 하고 있자 남궁장인가의 식솔들이 전부 나와 배웅을 했다.

"처음 외유 나가는 어린애도 아니고. 다들 뭘 이렇게까지……."

남궁혁이 머쓱해 뒷머리를 긁었다. 모두의 마음은 고마웠지만 역시 이런 건 익숙지 않았다.

"한 마디 하거라. 다들 네 말을 기다리고 있지 않느냐."

공방부의 장인들을 이끌고 나온 남궁규원이 말했다.

머쓱하긴 했지만 이런 것도 세가를 이끄는 사람이 하는 일이다.

남궁혁은 큼큼 목소리를 가다듬고 공력을 담아 크게 외쳤다.

"잘 다녀올게요! 여러분도 잘 지내고 계세요!"

다른 가문의 소가주들이었다면 비무 대회에서 우승을 하고 오겠노라니 문파의 명성을 드높이고 오겠노라니 했겠지만, 남궁혁에게는 이런 쪽의 인사가 성격에 맞았다.

그리고 남궁장인가의 사람들도 모두들 그러한 남궁혁을 좋아했다.

"무사히 다녀오세요!"

"좋은 소식 기다리고 있겠습니다, 소가주님!"

"모쪼록 건강히만 다녀오세요!"

애정이 듬뿍 담긴 염려의 말에 괜히 코끝이 시큰해진 남궁혁이 서둘러 말을 몰았다.

그 뒤를 따라 여덟 필의 말이 빠르게 그 뒤를 따랐다.

비무 대회까지는 앞으로 약 팔십 일. 말을 타고 간다면 무리 없이 도착할 터였다.

*　　　*　　　*

이 주 후.

양명을 비롯한 다섯 명의 기린대원과 진우, 진하는 전력으로 산을 뛰어오르고 있었다.

남궁장인가를 출발할 때 타고 있던 말은 어디 갔는지 보이지 않았다.

모두들 차림도 엉망이었다. 기린대원 중 몇몇은 흐트러진 머리를 다듬을 여유도 없는지 봉두난발이었고, 옷은 흙구덩이에 구른 듯 너저분했다.

사춘기에 접어들면서 유독 깔끔을 떨었던 진하마저 옷에 흙물을 잔뜩 묻힌 상태였다.

가장 이상한 것은 남궁혁의 모습이 보이지 않는다는 점이었다.

"저기! 정상이에요!"

손가락이 가리키는 끝에 이 산의 정상으로 보이는 야트막한 봉우리가 보였다.

진우의 말에 모두들 젖 먹던 힘을 쥐어짜 내 산을 올랐다.

그때, 기린대원 중 누군가 식겁한 얼굴로 뒤를 돌아보았다.

"방금 소리 들었나?"

"토끼뜀 소리?"

"벌써 여기까지 오셨단 말이야?!"

"서둘러! 뛰자!"

다들 악귀라도 쫓아오는 듯 다리에 힘을 주어 달렸다.

내공을 전혀 쓰지 않는 무식한 달리기라 속도는 빠르지 않았다.

그러자 속도의 차이가 나기 시작했다.

가장 먼저 무리에서 뒤처진 건 역시 체력적으로 가장 약한 진하였다.

"진하야!"

"아, 안 돼! 또 꼴찌가 될 순 없어!"

진하는 이를 악물고 산을 올랐지만 이미 지칠 대로 지친 소녀의 발은 더 이상 앞으로 나가지 않았다.

허우적대며 간신히 올라가는 그녀의 귓가로 쿵, 쿵, 땅이 울리는 소리가 점차 가깝게 다가왔다.

"으으…… 더 이상은 못가!"

결국 진하가 자리에 주저앉았을 때. 그녀의 등 바로 뒤에서 쿵! 하는 소리가 울렸다.

머리에 양손을 올리고 쪼그려 앉은 채, 토끼뜀 자세로 산을 오르고 있는 남궁혁이었다.

"오늘도 진하가 꼴찌네?"

"사부니임—! 너무 힘들어요—."

"힘들다고 하면 어떻게 한다고 했지?"

가벼운 으름장에 진하가 제 입을 턱 막았다. 그러고는 빠르게 도리질을 쳤다.

돌려보내지만 말아 달라는 무언의 표시였다.

남궁혁은 피식 웃고는 다시 다른 일행들이 달려 나간 곳으로 쿵, 쿵, 빠르게 토끼뜀을 뛰기 시작했다.

"으아아…… 힘들 거라고 예상은 했지만 이런 거일 줄이야."

남궁혁이 저 멀리 사라지자 진하는 흙바닥에 털썩 누워 버렸다.

이 이상한 수련은 그들이 남궁장인가를 출발하자마자 시작됐다.

장인대로를 벗어나자마자 마장에 말을 맡긴 남궁혁은 그대로 관도를 벗어나 산길로 향했다.

표면적으로는 혹시나 있을 습격을 대비하기 위해서였다.

그러나 약초꾼들이 다닐 만한, 길도 없는 산속에 들어서자 본격적으로 수련이 시작됐다.

수련의 방식은 이랬다.

남궁혁을 제외한 일행들은 먼저 산을 오른다. 뛰어도 상관없지만 내공은 일절 써서는 안 된다.

그들이 출발하고 반 시진 후, 남궁혁이 출발한다.

남궁혁은 머리에 손을 얹고 토끼뜀만으로 산을 올라 그들을 추격한다. 물론 남궁혁도 내공을 쓰지 않는다.

목적지로 정한 산봉우리에 도착하기 전에 남궁혁에게 추월당하면 각자 정한 벌칙을 받는 식이었다.

지금까지 오면서 꽤 험한 산을 만날 때마다 이런 식의 수련이 계속됐다. 일행 중 가장 체력이 약한 진하가 매번 꼴찌를 하는 것은 당연한 것이었다.

"사부님과 즐거운 시간을 보내고 싶었는데 이렇게 힘든 수련의 연속일 줄은…… 목말라—!"

"물이 필요하신가요?"

갑자기 어디선가 들려온 나긋한 목소리에 진하가 놀라 벌떡 일어났다.

그녀의 바로 뒤에, 마치 천상에서 내려온 선녀 같은 여인이 서 있었다.

한편 진하를 추월한 남궁혁은 토끼뜀의 속도를 올려 빠르게 다른 이들을 따라잡고 있었다.

'이 수련, 생각보다 쉽지 않은 걸.'

내공을 하나도 쓰지 않고 오로지 다릿심으로만 산을 뛰어오르는 수련이었기에 남궁혁의 얼굴에선 땀이 쏟아지고 있었다.

슬슬 눈에 보이기 시작하는 진우와 기린대원들의 상태도 남궁혁과 별반 다르지는 않았다.

반대로 말하자면, 수련이 효과가 있다는 증거였다.

산을 오르는 것은 전신의 근육을 모두 사용해야 한다.

다양한 각도의 산을 타기 위해서 다리의 각종 근육을 쓰기 때문이다.

특히 토끼뜀 자세를 취하고 있는 남궁혁은 하체의 근력을 다른 이들의 세 배 이상 사용하고 있었다.

내공도 쓰지 않는 이런 단순하고 무식한 수련을 하는 건 당연히 기초 체력과 외공의 단련을 위해서였다.

아무리 화경의 경지를 이뤘다지만 남궁혁의 성장은 기연을 통해 이룩한 것이라 몸과 내공의 균형이 잘 맞지 않았다.

신체는 내공을 담는 그릇이다.

순수한 강기를 뽑아내기 위해서는 순도 높은 검이 필요한 것과 마찬가지로 강대한 내공을 품고 있는 몸은 그만한 단련이 필요했다.

상체야 평소 야장일을 통해 다져져 있다지만 그에 비해 하체는 상대적으로 약했으니 이참에 하체를 단련시키는 것이다.

무림맹 비무 대회를 위한 준비의 일환이기도 했다.

남궁혁과 견줄 만한 실력자는 손에 꼽겠지만 철저한 준비를 해서 나쁠 건 없으니까.

깨달음이나 더 높은 검술의 경지를 엿보기 위해 수련을 할 수도 있었다.

그러나 바쁠수록 돌아가는 것이 더 빠른 길이라 판단하고, 모든 무공의 기초인 외공을 가다듬는 것이다.

자신의 수련을 겸해 기린대와 제자들을 수련시킬 수 있다는 장점도 있었다.

"잡았다!"

남궁혁이 눈을 빛내며 시야에 들어온 진우를 빠르게 따라잡았다.

쿵! 쿵! 쿵!

지축을 울리는 토끼뜀 소리에 다들 필사적으로 다리의

힘을 끌어 올렸다.

"얼마 안 남았다!"

"다들 힘을 내!"

"진우야! 달려라!"

모두 서로를 향해 격려를 아끼지 않았지만 남궁혁은 가차 없었다.

"한 명!"

"크흑……!"

기린대원 하나가 남궁혁의 토끼뜀에 제쳐졌다.

낙오된 대원은 고작 토끼뜀에 졌다는 사실에 괴로워하며 그 자리에서 털썩 주저앉았다.

"다음은 너다, 진우야!"

"이번엔 꼭 이길 거예요, 사부님!"

진우와 남궁혁의 맹렬한 추격전이 이어졌다. 남궁혁은 토끼뜀으로 용케 큰 돌부리와 나무 그루터기를 뛰어다니며 빠르게 진우를 따라잡았다.

그러나 진우도 만만치 않았다. 어릴 때부터 매일같이 우물물을 길어 오며 다져진 하체가 아니던가!

남궁혁으로부터 직접 교육받은 체력은 쉽게 추월을 허용하지 않았다.

"헉! 벌써 따라잡히다니!"

두 사제가 맹렬히 쫓고 쫓기는 사이 남궁혁에게 따라잡힌 대원 하나가 놀라 소리쳤다.

그러나 제자를 쫓느라 정신이 팔린 남궁혁은 그 대원에게 말 한마디 붙이지 않고 쌩하니 언덕 위를 쿵쿵 뛰어올랐다.

남은 것은 양명과 대원 셋, 진우였다.

진우의 발에 힘이 점차 빠지면서 속도가 느려졌다.

"윽!"

힘이 빠진 발이 돌부리에 걸리면서 진우가 휘청거렸다. 그 사이 남궁혁이 빠르게 치고 나가려 했다.

그 순간 진우가 무너진 자세를 딛고 예리하게 발차기를 찔러 넣었다.

"헉!"

남궁혁이 빠르게 주먹을 내질러 진우의 발차기를 받아 냈다.

이 수련에는 하나의 규칙이 있었다.

남궁혁에게 따라잡히기 전에 각과 권, 그 어느 수단으로든 남궁혁을 막아 낸다면 잡히지 않은 걸로 치는 것이다.

남궁혁은 이 공격에 대해 쪼그려 앉은 채로만 받아 내야 했다.

발차기를 해도 바닥에 바짝 붙은 공격만 가능한 것이다.

어느 자세에서도 공격과 방어를 능수능란하게 해낼 수 있도록 하는 수련의 일환이었다.

때문에 남궁혁과 진우는 현란한 각법을 선보이며 서로의 진로를 방해했다.

한쪽은 추월하기 위해서, 한쪽은 추월당하지 않기 위해서 필사적이었다.

아니, 정확히 말하자면 필사적인 쪽은 진우뿐이었다.

진우는 이 수련을 시작하고 내내 남궁혁에게 붙잡혔다.

양명을 비롯한 기린대원들은 가끔 남궁혁에게 잡히지 않고 목적지에 도착하는 경우도 있었건만, 진우는 단 한 번도 그러지 못했다.

이 수련도 벌써 서른 번째. 이번만큼은 성공하고 싶었다.

그러기 위해서는 하늘처럼 모셔 온 사부를 막아야 했다.

이기는 것까진 바라지도 않았다. 실력의 차이가 워낙 크니까.

퍽! 퍽! 퍽!

권과 권, 각과 각이 부딪치는 소리가 요란하게 울리고 흙먼지가 피어올랐다.

진우는 그래도 제법 선전했다. 남궁혁이 봐주고 있는 탓이기도 했지만 수련을 게을리하지 않은 덕분이었다.

"그래도 아직 연계가 서툴러!"

"윽—!"

내지른 주먹을 회수하면서 바로 각법이 이어지지 않은 틈을 남궁혁이 파고들었다.

한 다리를 쪼그린 상태에서 내지른 발끝이 정확히 진우의 거궐혈을 가격했다.

있는 힘껏 때린 것이 아니라 충격은 심하지 않았지만, 남궁혁이 진우를 추월하는 데는 부족하지 않은 시간이었다.

"에고…… 또 져 버렸네. 역시 사부님은 대단하시다니까……."

진우는 다리에 힘이 풀려 그 자리에 주저앉았다. 그리고 남궁혁이 빠르게 다른 이들을 추격하는 모습을 지켜보았다.

*　　　*　　　*

결국 이번 수련에서 꼭대기에 도착한다는 목적을 달성한 것은 기린대주 양명 하나뿐이었다.

그나마도 중간에 진우가 시간을 벌어 준 덕분이지, 그게 아니었다면 지친 다리로 절대 성공하지 못했으리라.

남궁혁과 양명이 정상에서 쉬고 있자 하나둘 정상에 도착하기 시작했다.

진우와 마지막 기린대원까지 합류한 이들은 휴식하면서

마지막으로 진하가 오기를 기다렸다.

그러나 진하는 이 각이 지나도록 오지 않았다. 진우가 걱정스럽게 말했다.

"길을 잃어버린 게 아닐까요?"

"지쳐서 못 오고 있는 걸 수도 있습니다. 제가 다녀오겠습니다."

제일 오래 쉰 양명이 일어서려 하자 남궁혁이 말리며 일어났다.

"내가 다녀올게요. 다들 쉬고 있어요."

"그러실 필요 없어요."

나긋나긋한 비단결 같은 목소리가 저 아래에서 들려 왔다.

곧 사뿐사뿐한 걸음걸이가 이곳으로 다가왔다. 깊은 산속에서 듣기 어려운 사락사락한 비단 소리와 함께였다.

곧 그 소리의 주인이 나타났다.

얼음처럼 맑고 투명한 피부와 가녀리고 섬세한 이목구비. 마치 새벽의 이슬 같은 미모를 가진 여인이었다.

참으로 오랜만의 만남이었지만 남궁혁은 바로 그녀를 알아보았다.

"제갈화영?"

"오랜만이에요, 남궁 공자."

제갈화영이 사르르 웃으며 인사했다. 그 뒤에서 쪼그마한 소년이 고개를 불쑥 내밀었다.

"나도 있어요!"

"아아, 제갈 소협. 오랜만이네요."

일전에 남궁장인가에 침입했던 제갈화천이었다. 그리고 그들 뒤로 일행의 걱정을 샀던 진하가 나타났다.

"진하 너! 어딜 갔다가 이제 오는 거야!"

"그냥 저 사람들하고 만나서 물을 얻어 마셨을 뿐이야."

진우의 타박에 진하가 입을 뾰족이 내밀었다.

말을 들어 보니 제일 먼저 탈락한 진하가 늘어져 있다가 제갈세가의 남매를 만난 모양이었다.

"제갈 소저. 몸은 괜찮으신 거예요? 이렇게 나와서 돌아다녀도 되나요?"

"공자께서 갖다 주신 약이 효험이 좋았답니다. 완치되려면 좀 더 시간이 필요하지만 가벼운 외유 정도는 괜찮다고 하더군요."

"누님과 나는 무림맹 비무 대회에 가는 중인데, 남궁 소협은 어딜 가는 겁니까?"

"우연이네요. 우리도 그 비무 대회에 가는 길이에요."

우연이라고 말하기도 사실 애매했다. 오대 세가 중 하나인 제갈세가에서도 당연히 문파를 대표하는 후기지수를 보냈을 테니까.

"화천이를 혼자 보내자니 안심이 안 돼서 함께 따라왔답니다."

"누님도 참. 제가 애예요?"

"아아, 이해가 가네요."

"남궁 공자까지!"

남궁혁이 제갈화영의 말에 동의하자 제갈화천이 바락거렸다.

확실히 이런 동생을 혼자 무림맹으로 보내긴 마음이 안 놓였겠지.

"그런데 두 분은 어째서 관도로 안 가고 이런 산길로 가고 계시는 건가요?"

"무림맹이 있는 중경(南寧) 근처는 전략적 요충지라 눈으로 직접 지세를 확인하고 싶었거든요. 지도로는 확인할 수 없는 게 많으니까요."

고작 그런 이유로 몸도 안 좋은 사람이 산을 오르고 있었다고?

의아한 부분이 많았지만 남궁혁은 묻지 않고 넘어갔다.

천기신녀라 불릴 정도의 재녀이니 뭔가 이유가 있겠지.

"그나저나 의외네요. 공자께서는 이번 대회에 참가하지 않으실 줄 알았는데요."

"그렇게 생각하셨어요?"

"공자께서 이번 비무 대회에서 큰 주목을 받는 게 큰 도움이 안 될 테니까요. 낭중지추라 하지만 뛰어난 자는 쓸데없는 질시를 받기 마련이에요."

"과연. 제갈 소저도 그런 의견이군요."

너무 과한 재주는 시기를 부른다. 민도영과 똑같은 의견이었다.

하긴, 남궁혁도 마교의 침입을 대비해 다른 문파와 친분을 쌓아 두겠다는 의도가 아니었다면 민도영의 말을 들었을 것이다.

"다 알면서도 참가한다는 건 뭔가 생각이 있으시다는 뜻이겠지요?"

"그럼요."

"호호, 미천한 소녀의 어림짐작으로는 도통 그 이유를 가늠할 수가 없네요."

그야 남궁혁이 이전 삶의 기억이 있다는 사실을 모르면 당연히 유추할 수 없는 이유였다.

제갈화영이 그 총기 어린 눈을 반짝였다. 나비 날개 같은 속눈썹이 파르르 떨렸다.

"처음이에요. 제 예상을 빗나가게 한 남자는요."

"그래요? 저는 굉장히 알기 쉬운 사람인데."

남궁혁과 조금만 시간을 같이 보내 보면 그가 어떤 사람인지는 알기 어렵지 않았다.

남궁장인가와 그 주변 지역에 사는 사람들 누구에게 물어봐도 남궁혁이 어떤 사람인가 줄줄 읊을 수 있을 것이다.

제갈화영은 그런 남궁혁을 풀어야 할 흥미로운 난제처럼 바라보았다.

"아무래도 제가 공자에 대해서 좀 더 알아야 할 필요성이 있지 않을까 싶네요."

"비무 대회가 열리는 동안 계속 무림맹에 있을 테니, 알아 갈 시간이야 충분하겠죠."

남궁혁의 대답에 제갈화영이 따사로운 햇볕처럼 사르르 미소 지었다.

천하 사내들의 심금을 모조리 울려 버릴 것 같은 아름다움이었다.

"사부님—! 저 다 쉬었어요! 우리 이제 출발해요!"

"진하 소저, 힘들어 죽겠다고 하지 않았습니까?"

진하 옆에 착 달라붙어 있던 제갈화천이 눈을 동그랗게 떴다.

아까까지만 해도 헥헥대면서 한 시진은 쉬어야겠다고 했는데.

"아뇨. 저언—혀 안 힘듭니다! 사부님, 가요!"

누가 봐도 남궁혁과 제갈화영 사이에 미묘한 기류가 흐르자 훼방을 놓는 것이 분명했다.

아직 어린 제갈화천은 분위기를 읽지 못하고 허둥지둥하다가 남궁혁을 불렀다.

"남궁 소협! 저희와 함께 가시는 건 어때요?"

"두 분과 함께요?"

"예. 진하 소저도 힘들어 보이고, 저희도 누님 때문에 슬슬 관도로 내려가 마차를 탈 예정이었거든요."

제갈화천은 아까부터 유독 진하를 신경 쓰는 기색이었다.

사실 저 제갈가의 후계자가 진하를 마음에 두고 있다는 건 온 남궁장인가 사람들이 다 아는 사실이었다.

제갈화천이 잠시 남궁장인가에 머물 때 대놓고 진하의 뒤를 쫓아다녔기 때문이다.

이것저것 선물 공세도 하고 나름 제 마음을 표현해본 것 같기도 했는데, 이미 남궁혁을 짝사랑하고 있는 진하의 눈에 제갈화천이 들어올 리가 만무했다.

남궁혁은 그런 제갈화천이 안쓰럽기까지 했다.

진하는 제갈화천과 어울리다가도 저 멀리서 남궁혁이 보이면 쪼르르 달려가 버렸으니까.

'이참에 둘이 좀 친해지는 것도 좋겠지?'

진하가 자신을 좋아하는 건 알고 있었지만 남궁혁에게 진하는 그저 귀여운 제자일 뿐이었다.

제자를 넘어서 거의 딸 같은 아이인 만큼 좋은 혼처를 구해 주고 싶은 마음도 컸다.

그런 점에서 제갈화천은 무척이나 괜찮은 혼처였다. 괜찮다 뿐이랴. 무려 오대세가 중 하나인 제갈가의 후계자인 것이다.

게다가 남궁혁과 진하의 나이 차이에 비해 두 사람은 또래라는 점도 마음에 들었다.

아직 어리니 혼담은 한참 후의 일이지만, 그게 아니더라도 남궁혁과 모용청연처럼 좋은 친구 사이가 될 수도 있는 거 아닌가.

"그럼 그렇게 할까요?"

"그치만 사부님! 저희는 수련을 해야— 읍!"

제갈화영과 함께 가는 것이 싫었던 진하가 소리를 높이자 진우가 그 입을 턱 막았다.

"므승지시야아!"

입을 막힌 탓에 진하가 우물거리며 소리를 지르자, 진우는 여동생의 귓가에 나지막하게 속삭였다.

"사부님이 제갈 소저와 함께 가면 지금부터 편하게 관도로 가고, 아니면 무림맹에 도착할 때까지 이 수련을 계속해야 할 거 같은데. 너 정말 열흘 넘게 이 수련을 계속할 자신이 있어?"

진하는 눈에 쌍심지를 켜고 진우를 바라보다가 이내 고개를 설레설레 저었다.

남매도 어린 시절부터 야장일을 해 온 덕에 체력에는 자신 있었지만 이 수련은 정말 진 빠지게 힘들었다.

양명을 비롯한 기린대도 진하를 보며 입가에 손가락을 대고 쉿, 쉿, 거리고 있었다.

제갈화영이 없는 평온한 지옥 수련이냐, 아니면 몸은 편안하고 마음은 불편한 마차 여행이냐!

고민하던 진하가 결론을 내렸다.

"아얏!"

여태 진하의 입을 손으로 막고 있던 진우가 벼락이라도 맞은 듯 손을 떼며 비명을 질렀다. 진하가 손을 깨문 탓이었다.

"진하야. 어떻게 할래? 계속 수련을 하고 싶다면 난 괜찮은데."

"제갈 공자의 호의를 거절할 수는 없잖아요. 저희도 관도로 내려가요."

아까 전의 외침은 까맣게 잊어버렸다는 듯 태연한 태도에 진우는 혀를 내둘렀다.

어찌 됐건 진하 덕분에 편하게 가게 된 거니까 더 이상 핀잔을 주지는 않았지만.

제갈 남매가 합류한 일행은 근처의 마을로 내려가 마차와 말을 빌렸다.

그들이 지금 있는 곳이 섬서와 호북의 경계에 있는 산이니, 중경 근처의 대파산까지는 곧 도착할 수 있을 터였다.

*　　　*　　　*

섬서와 사천, 호북이 맞닿아 있는 지역에 위치한 드넓은 분지.

과거 사파가 세력을 떨치던 남령산맥 이남과 근접해 있어 정도 무림 세력이 결집했던 이곳에 그 시절의 유산이 남아 있었다.

중경의 대파산 기슭에 자리 잡은 무림맹의 건물이 바로 그것이었다.

"처음 정사대전이 일어났을 때, 정도 무림맹은 각 문파 간의 시기와 질투 때문에 쉽게 연합하지 못했답니다. 때문에 각기 세력을 나누어 사파 연합에 대항하다가 큰 패배를 당했지요."

남궁혁과 진우, 진하. 그리고 제갈 남매가 타고 있는 마차 안에서는 제갈화영의 나긋나긋한 이야기가 이어졌다.

그녀는 무림에 대해서 아는 것이 많지 않은 진우, 진하 남매를 위해 무림맹의 역사에 대해 얘기해 주는 중이었다.

중경으로 가는 관도는 딱히 볼거리가 없었고 제갈화영은 남궁혁이 대충 알고 있던 것보다 많은 사실을 알고 있었기에 그녀의 이야기는 적당한 시간 때우기가 됐다.

"심지어 정파는 연합을 형성하기는커녕, 정사대전을 빌미삼아 평소 원한 관계에 있던 문파를 치거나 상대를 암살하기도 했지요."

"세상에. 정파인데 그런 일을 한단 말이에요?"

진하가 믿을 수 없다는 듯 눈을 똥그랗게 떴다.

어린 시절을 힘들게 보내긴 했지만 오라버니인 진우의 보호 아래 있었던 데다가, 남궁장인가가 자리를 잡고 난 이후 세가의 공주님처럼 자라 온 진하로서는 상상하기 어려운 세상이었다.

그리고 그런 진하를 제갈화천이 눈을 반짝반짝 빛내면서 보고 있었다.

'좋을 때다—'

남궁혁이 이미 다 아는 제갈화영의 얘기를 가만가만 듣고 있는 건 이 둘의 반응이 너무 재밌어서이기도 했다.

"정파라고 무조건 옳지만은 않아. 연공하는 무공의 성질과 그 결과로 바뀌는 심성 때문에 정사를 나눌 뿐이지. 본질적으로 사람인 건 똑같잖아?"

진하와 반대로 진우는 제법 어른스러운 소리를 해 보였다.

"진우 소협의 말이 맞아요. 정사를 막론하고 인간은 욕심에서 벗어나기가 쉽지 않죠. 그 당시 원한 관계의 정파인을 여럿 암습한 사람 중 하나가 무당파의 명숙이었을 정도니까요."

"세상에. 사람들 진짜 이상하다. 그죠, 사부님? 세상 사람들이 모두 사부님 같으면 그런 일은 없을 텐데."

"진하 소저, 그렇게 장담할 수는 없을 걸요?"

제갈화천이 슬쩍 끼어들었다. 진하에게 시비를 건다기보단 남궁혁을 질투해서 하는 말인 게 빤히 보였다.

중경으로 오는 내내 진하가 남궁혁을 얼마나 따르는지 봐 왔으니, 질투가 날 만도 할 것이다.

그러나 진하는 말도 안 된다며 단호하게 고개를 저었다.

"우리 사부님은 저얼—대 안 그럴걸요?"

"맞습니다. 장인의 심성은 그 사람이 다루는 결과물만 봐도 티가 나니까요. 저희 사부님은 절대 그러실 분이 아니에요."

진우가 진지하게 거들었다. 그러면서 제갈화천을 향해

사납게 눈을 부라렸다.

'감히 사부님을? 흥, 점수를 십 점 깎아야겠어.'

제갈화천 정도면 여동생에게 부족함 없는 상대라고 생각해 가만히 내버려 두고 있었지만, 남궁혁을 욕되게 하는 건 설사 황제라도 용납할 수 없는 진우였다.

"어머나. 제자들에게 큰 사랑을 받고 계시네요."

"어쩐지 민망한데요. 그래서 그 뒤에는 어떻게 됐는데요?"

진우가 눈빛을 이글이글 불태우며 제갈화천을 노려보자 남궁혁이 슬쩍 말을 돌렸다.

이 뒷부분에 무림 역사를 처음 배우는 아이들이 가장 재밌어 하는 부분이 나오기 때문이다.

"그때 정도 무림에 네 신성(新星)이 나타났죠."

"신성이요?"

"그 당시 무림에서 가장 손꼽히던 네 명의 후기지수랍니다. 무당의 태을선검 은천도인, 개방 방주의 제자였던 걸성 천추개, 유일한 여인이었던 화산의 빙매화 소연우. 그리고 남궁세가의 유성패검 남궁제현이었죠."

뿔뿔이 흩어져 각개격파 당하는 정파 무림을 이끌며 그 이름을 날리던 네 명이 전략적 요지였던 중경에서 모인 것은 우연한 일은 아니었다.

현 정도 무림의 폐단과 그 결과물에 치를 떨던 네 명의 신성은 그 자리에서 의기투합했고, 어른들을 설득해 정도 연합을 형성하기로 뜻을 모았다.

젊은 기재들 사이에서 명망이 높았던 이들은 각기 동문 사형제와 뜻이 통하는 세가의 젊은이들을 모아 각 문파의 수장들을 설득하는 데 성공했다.

그 결과 중경에서 정도 연맹이 출범하고, 구파일방과 오 대세가의 연합군이 사파 연합과 정면으로 맞서게 되었다.

"그 일전에서 정도 연맹은 큰 승리를 거뒀답니다. 그때 생긴 연맹이 무림맹으로 이름을 바꾸고 제 이 차 사도맹의 침입까지 막아냄으로써 정도 무림을 대변하는 단체로서 거듭나게 됐지요."

"그렇게 대단한 곳이 왜 저번 경매 때는 안 왔을까요?"

진하가 고개를 갸웃거렸다.

아무래도 진하의 머릿속에는 '남궁장인가의 경매에 참가할 정도는 되어야 대단한 세력'이라는 인식이 박힌 모양이었다.

실제로도 크게 틀린 얘기는 아니었다.

"그 이후로 약 백 년 넘는 시간 동안 무림이 지극히 평화로웠거든요. 힘을 모아 대항할 세력이 없으니 각자의 이익을 생각하게 되고, 제대로 된 구심점 없이 이합집산이 반복

되니 결국 힘없는 단체가 되었답니다."

그때 밖에서 말을 타고 마차를 호위하고 있던 기린대주 양명이 마차의 창문을 두드렸다.

"소가주. 무림맹입니다."

창문 밖으로 산기슭에 펼쳐진 넓디넓은 장원이 눈에 들어왔다.

아무리 유명무실해졌다지만 과거의 위용은 여전한 건물들이 무림맹 비무 대회를 맞아 찾아오는 손님들을 맞이하고 있었다.

"맹 앞에 도착하면 얘기해 줘요."

"예, 알겠습니다."

남궁혁이 창문에서 몸을 떼자마자 진우와 진하가 득달같이 달려들어 무림맹을 구경하기 시작했다.

제갈화천은 제갈세가가 훨씬 볼 만하다며 나중에 초대하겠다고 들리지도 않는 말을 늘어놓았다.

"남궁 공자께선 무림맹에 별 감흥이 없으신가 봐요?"

"으음, 건물에는 딱히 흥미가 없어서요."

남궁혁은 고민하다가 적당한 답을 내어놓았다.

제갈화영은 민도영처럼 무난하게 넘어가 줄 여인이 아니었으니까.

아무리 남궁장인가의 군사를 맡아 줄 사람이라지만, 민

도영에게도 말하지 않았던 이전 삶에 대해서 얘기할 수는 없었다.

다행히 제갈화영은 아무 의심 없이 넘어갔다.

'하긴, 나도 처음 무림맹에 도착했을 때는 저 위용에 많이 감탄했었지.'

그때는 마교의 침입이 가시화되는 시점이었기에 무림맹에도 활기가 넘쳤다.

적의 침입으로 인해 활기가 돌다니. 참으로 미묘한·일이 아닐 수 없었다.

남궁혁이 이전 삶의 기억을 반추하는 동안 제갈화영이 입을 열었다.

"아마 무림맹에서 친구를 많이 만나게 되실 거예요."

"친구요?"

청연이를 말하는 건가? 남궁혁이 고개를 갸웃거렸다.

제갈화영의 정보력이라면 남궁혁과 모용청연이 오랜 친구사이라는 사실 정도는 알고 있겠지만, 그냥 친구도 아니고 많이 만나게 된다니?

"각 세가의 방계, 그리고 구파일방의 속가문 출신의 사람들 얘기랍니다."

"그게 무슨 소리예요?"

"평화로운 시절이 계속되면서 무림맹의 위세는 줄어들었

지만 조직은 계속 유지해야 했으니까요."

점점 더 알 수 없는 소리였다. 남궁혁이 얼굴에 의아함을 가득 띄우고 있자 제갈화천이 뽐내듯 나섰다.

진하에게 점수를 따보려는 모양이었다.

"말하자면 이런 거예요. 처음 무림맹이 결성됐을 때 정파 연합은 각기 무림맹에 후원금과 사람을 제공하기로 맹약을 맺었거든요. 하지만 시간이 갈수록 무림맹의 세가 약해지고, 어르신들은 유망한 후기지수나 아끼는 제자를 보내고 싶지 않으니 방계나 속가 제자들을 보내게 된 거죠."

"호오, 그렇군요."

남궁혁이 고개를 끄덕이자 제갈화천이 뿌듯한 얼굴로 웃었다.

성인 남자라면 남 앞에서 잘난 척을 하는 모습이 꼴같잖겠다만, 조만한 소년이 제 또래의 소녀에게 잘 보이려는 모습이니 그저 귀엽고 웃기기만 했다.

제갈화영도 남궁혁과 같은 마음인지 제 동생을 흐뭇하게 바라보고는 말을 이었다.

"지금 남궁장인가는 가장 유명한 방계라고 할 수 있으니까요. 그것도 본가의 지원을 받지 않고 성공한 보기 드문 방계 가문이죠. 아마 어떤 의미로든 많이 주목받게 되실 거예요."

"흐음. 제가 어떻게 처신하면 될까요? 당당하게? 겸손하게? 아니면 좀 오만하게?"

이미 생각해 둔 바는 있었지만 남궁혁은 제갈화영의 의견을 물었다.

정식으로 남궁장인가의 사람이 된 건 아니었지만 늦든 빠르든 함께 뜻을 같이하게 될 테니까.

제갈화영은 잠시 생각하다가 옅게 웃었다.

"이리 발걸음을 하신 연유를 모르니 무어라 말씀해 드리긴 어렵지만, 소녀는 공자께서 늘 하셨던 대로 하시면 될 것 같네요."

"다행이네요."

"뭐가 다행이라는 건가요?"

"제 생각도 그렇거든요. 제 방식대로 하는 거."

남궁혁이 씩 웃었다. 그때 마차가 멈추고 밖에서 양 대주가 무림맹의 인무문(人武門) 도착을 알렸다.

＊　　　＊　　　＊

무림맹은 단순히 무인들이 모여 있는 장원의 개념이 아니다.

지금은 아무리 힘이 없다고 한들 상당한 규모의 무인들

이 생활하고 있다 보니, 작은 성 규모의 마을이 주변에 넓게 펼쳐져 있었다.

그 마을 안으로 들어가는 것이 바로 무림맹의 인무문이었다.

이 인무문까지는 마차로 갈 수 있지만, 진짜 무림맹이 펼쳐지는 지무문(地武門)부터는 마차로 갈 수 없었다.

때문에 일행은 마차와 말을 마장에 맡기고 걸어서 지무문으로 향했다.

"우와, 사람이 진짜 많네요?"

진하가 입을 딱 벌렸다. 어릴 적 상단을 따라다니며 꽤 큰 도시도 다녀봤지만 이렇게 많은 사람은 처음이었다.

백색의 무복에 매화를 수놓은 무리부터 회색의 승복을 입은 무리들. 한 곳에서는 거지들이 왁자지껄하게 떠들고 있었고 다른 한 편에서는 온통 여인으로만 이루어진 일행들이 절도 있게 거리를 걷고 있었다.

복색으로 보아 구파일방의 일원들이었다.

"구파에서 이렇게나 제자들을 많이 보냈다니……."

"다들 기도가 엄청나군요."

구파일방의 제자들을 본 양명과 기린대원들이 침을 꿀꺽 삼켰다.

저들은 기린대원들이 배운 무관의 정통이라 할 수 있는

대문파의 제자들인 것이다.

자질은 물론 전수받은 무공의 질도 남다르다.

게다가 자신들이 생계에 급급해 표사와 낭인을 전전할 때 문파의 후원 속에서 무공을 수련한 이들.

척 봐도 기도가 남다른 그들을 보는 기린대의 시선에 긴장이 서렸다.

우리가 과연 저들을 상대로 이길 수 있을까?

이번에 남궁혁과 동행한 기린대는 전원 남궁장인가의 이름으로 비무 대회에 참가하기로 되어 있었다.

예전이었다면, 아니 일 년 전이었다면 미친 짓이라고 생각했으리라.

그러나 지금은 아니었다.

뛰어난 기연을 만난 건 아니었지만, 그간 기린대는 뼈를 깎는 수련을 거듭해 왔다.

엄청난 무공 비급을 전수받은 건 아니지만, 남궁장인가는 상당한 금액을 풀어 비급을 사들이고 그들에게 아낌없이 제공해 주었다.

이제 이 비무 대회에서 그들이 남궁장인가에게 보답할 때였다.

'우리를 믿어 주신 소가주를 위해 반드시 이기리라!'

남궁혁의 뒤에서 불끈 주먹을 쥐고 승리를 향한 투지를

불태우는 기린대였다.

"그런데 구파일방만 보이고 오대 세가는 안 보이네요?"

남궁혁의 말대로였다. 구파일방처럼 알아볼 만한 특색이 없는 탓이기도 했지만, 거리에는 딱히 오대세가의 사람으로 보이는 이들이 없었다.

"아마 저들은 참가가 아니라 관람을 위해 온 걸 거예요. 구파일방은 제자들 숫자가 많아서 지객당에서 전부 받을 수 없거든요. 외부인이 묵을 수 있는 방은 한정되어 있으니까요."

"그렇군요."

"아마 지객당에 가면 공자께서 만나 볼 만한 사람들이 있을 거예요."

그렇게 이런저런 말을 나누며 그들은 지무문에 도착했다.

여길 통과하면 이제 진짜 무림맹이었다.

*　　　*　　　*

무림맹 지무문에서 비무 참가자들의 출입을 담당하고 있는 서기 악수림은 잔뜩 짜증이 나 있었다.

말할 필요도 없이 벌 떼처럼 몰려오는 비무 참가자들 때문이었다.

'백만 냥이 걸려 있다고 하니까 어중이떠중이까지 몰려오는군.'

또다시 눈앞으로 드밀어지는 초대장을 보며 악수림은 심드렁하게 몸을 일으켰다.

처음에는 대문파와 일부 명망 있는 중소 문파에만 초대장을 돌렸다.

그러나 백만 냥이라는 거금이 화제가 되자 가짜 초대장을 만들어 참가하는 이들이 생기기 시작했다.

게다가 실력 있는 낭인이나 은거고수의 제자들이 참가를 요청하면서, 아예 자유 참가제로 제도를 바꿔 버렸다.

비무 대회의 질이 떨어질 수 있다는 염려가 있었지만 애초에 화제성을 노린 대회였으니 판을 더 키우는 게 낫다는 판단에서였다.

때문에 비무 대회에 참가하는 방법도 쉬워졌다.

인무문 내에 있는 추천소에서 추천장을 받아 오기만 하면 지무문을 통과할 수 있었다.

처음에는 악수림도 혹시나 사특한 마음을 품은 놈이 있을까 눈에 불을 켜고 신분을 확인했다.

그러나 그럴 필요도 없을 정도의 어중이떠중이들이 한가득이었다.

"들어가쇼. 하암—"

악수림이 입이 쩍 벌어지게 하품을 했다.

잘못 걸리면 근무 태만으로 징계를 먹을 수도 있겠지만 눈치 볼 사람도 없었다.

어차피 이쪽으로 오는 건 전부 중소문파나 소속도 없는 낭인들이 대부분이니까.

구파일방과 오대세가, 그리고 천하육세의 참가자들은 귀빈들 전용으로 만들어진 별문을 이용했다.

복작복작한 곳에서 기다리지 않게 특혜를 주면서 중소문파들이 차별이라고 느끼지 않게 하는 조치였다.

그때 또 한 무리의 사람들이 다가와 악수림에게 초대장을 내밀었다.

초대장을 흘깃 보자, 지금까지 지겹도록 봐 왔던 녹색 도장이 아닌 붉은 도장이 찍혀 있었다.

무림맹이 특정 문파에만 초대를 보냈을 때 받은 초대장이라는 뜻이었다.

'그래 봤자 중소 문파지 뭐. 남궁장인가가 어디야? 남궁세가의 방계인가?'

어디선가 들어 본 것도 같았지만 확실히 기억이 나질 않았다.

무림인이기는 하지만 검에 대한 의지는 꺾인 지 오래요,

무림맹에서 적당히 봉록이나 받아 술 마시는 데나 관심이 있으니 기억나지 않는다 해도 도리가 없었다.

"섬서의 남궁장인가가 열 명이라. 들어가쇼."

"지객당은 어딥니까?"

"저 안으로 쭉 들어가서 왼쪽으로 꺾으면 되니 어서어서 통과하쇼. 뒤에 계속 사람이 오잖소."

뒤에 사람도 없는데 악수림은 귀찮다는 듯 퉁명스럽게 얘기했다.

천상의 선녀가 강림한 것 같은 여인이 그의 앞에 다가오기 전까지는 그랬다.

"안녕하세요, 대협."

"헙……!"

악수림은 눈이 튀어나오는 줄 알았다.

지금까지 초대장을 가지고 온 이들 중 여인들도 있었지만 지금 눈앞의 여인만큼 아름답지는 않았다.

침이 꿀꺽 넘어가면서 악수림의 지루하던 머릿속이 팽팽 움직이기 시작했다.

'대체 어디서 이런 미인이 나타난 거지? 오오, 세상에 아직도 노총각인 나를 천신이 굽어 살피시는구나. 이쪽으로 온 걸 보니 중소 문파의 여식인가? 지객당으로 직접 안내하다 보면 나한테 호감을 느끼지 않을까? 그리고 비무 대회에

진 소저를 위로하다 보면 내게도 드디어 봄날이—'

그 찰나 악수림의 머릿속에는 온갖 생각이 지나갔다.

얼굴에 드러난 흑심이 너무 빤히 보여서 같은 남자인 남궁혁이 민망할 정도였다.

"저기요. 소저께서 할 말이 있으신 거 같은데, 정신 차리고 말 좀 들으세요."

"아, 큼큼. 그럽시다. 소저께서 이 악수림에게 무슨 볼일이신지?"

말투도 진중해지고 은근슬쩍 제 이름을 말하는 것이 아주 그럴싸했다.

방금 전의 성의 없는 대응을 겪은 남궁혁으로서는 혀를 찰 일이었다.

"다른 게 아니라, 저희는 남궁장인가의 일행이 아니라서요."

"아아, 그러셨군요! 이런. 제가 초대장을 제대로 확인을 안 해서 소저께 불편을 끼쳤습니다. 초대장 좀 주시지요."

"화천아, 이분께 초대장 좀 드리렴."

"여기 있어요."

제갈화천이 품에서 잘 접힌 초대장을 꺼내 건넸다.

악수림은 손에 힘을 주고 초대장을 팍 소리 나게 폈다.

제 딴에는 진지하게 일에 임하고 있는 모습을 보여주려

고 했던 것 같았다.

"헉…… 허어어억!"

대체 뭘 보고 저렇게 놀란 거람. 남궁혁이 고개를 들어 제갈세가의 초대장을 구경했다.

붉은 도장이 찍혀 있던 남궁장인가의 초대장과 달리, 제갈세가의 초대장에는 빛나는 금색 도장이 찍혀 있었다.

게다가 내용과 글씨체도 다른 것이, 아무래도 무림맹주가 직접 쓴 서신인 모양이었다.

"제갈세가의 제갈화영과 제갈화천이어요. 명단에 기입해 주시겠어요?"

"아, 예. 예. 알겠습니다!"

악수림은 식은땀을 흘렸다. 아까까지 선녀처럼 보이던 제갈화영이 지금은 마교의 마녀처럼 느껴졌다.

원래대로라면 초대장을 받으면 각 문파에서 몇 명이 간다고 보낸 통지와 일행의 숫자가 맞는지 확인해야 했다.

그런 걸 보지도 않고 지나가라며 통과를 시켜 버린 것이다.

현 무림맹의 내정을 도맡고 있는 군사 제갈민은 엄청난 완벽주의자였다.

항간에서는 제갈세가가 그의 완벽주의를 상대하기 힘들어 무림맹으로 보내 버렸다는 소문도 있었다.

그런 제갈민의 귀에 참가자를 확인도 안 하고 통과시켰다는 얘기가 들어간다면 무림맹에서 잘리는 건 시간 문제였다.

애초에 수상쩍은 이들이 들어올지도 모른다며 자유 참가 제도를 결사반대했던 제갈민이 아니던가.

"제, 제갈 소저. 방금 전의 실수는 잊어 주시면……."

"무슨 실수 말인가요? 바쁘시다 보면 그럴 수도 있지요."

"아이고, 감사합니다!"

"호호. 별말씀을요."

"감사의 의미로 제가 지객당까지 안내해 드리겠습니다."

"어머. 그러실 필요는 없는데."

"어차피 별문으로 오셨다면 각 세가별로 안내인이 붙으니 비슷한 거라고 생각해 주십쇼."

악수림은 혹시라도 제갈화영이 또 거절할까 봐 서둘러 문 앞에 '자리 비움'이라는 푯말을 세워 놓고 나섰다.

"남궁 공자. 이분이 안내를 해 주신대요."

"잘 됐네요. 아까의 설명으로는 도무지 지객당을 찾을 자신이 없었거든요."

악수림은 또다시 헉 하고 숨을 집어삼켰다.

저 별 볼 일 없어 보이던 녀석이 제갈세가의 여식하고 아는 사이라니? 설마 남궁세가의 중요한 방계인가?

아까 자신이 남궁혁을 어떻게 대했는지가 떠오르자 등 뒤에서 식은땀이 줄줄 흘렀다.

대 남궁세가!

남궁세가에서 한 식구로 인정받는 방계는 무림 내에서 그 세력을 무시할 수 없었다.

거의 남궁세가 본가 사람과 비슷한 위치로 대우받을 정도였다.

"아이고, 소협. 제가 몰라뵈었습니다. 두 분 다 제가 지객당으로 모십지요."

악수림의 허리가 직각으로 꺾였다. 남궁혁은 뒷목을 긁으며 그의 안내를 받았다.

손님맞이를 전문으로 하는 무림맹의 하위 조직인 지객당에 도착하자 접수원들이 분주하게 일을 하고 있었다. 그들 중 하나가 악수림을 알아보았다.

"아니, 수림 자네 여긴 웬일인가? 초대장 접수는 어쩌고?"

"귀한 분들이 제 이 문으로 오셔서 직접 모셔 왔다네. 여기 제갈세가와 남궁장인가 분들이시라네."

"아니 제갈세가 분들이 그쪽에서 오시다니. 이쪽으로 오십시오."

제갈세가라는 말에 사람들이 저마다 고개를 들더니 제갈화영과 제갈화천에게 허리를 숙였다.

무림맹 내에서 오대세가가 얼마만큼의 지위를 갖고 있는지 알 만한 모습이었다.

"어디 보자. 제갈세가에서는 청운당으로 가시면 됩니다."

"청운당이요?"

"예. 저희 지객당이 자랑하는 귀빈급 숙소입지요. 구파일방과 오대세가, 그리고 천하육세 분들만 모시는 곳입니다. 개별 하인도 대기하고 있으니 편하게 이용하시지요."

"저희 남궁장인가는 어디로 가면 됩니까?"

"아, 남궁장인가요. 음…… 잠시만요."

접수원은 한참이나 명단을 뒤져 남궁장인가의 이름을 찾아냈다.

"그쪽께선 홍운당으로 가시면 됩니다. 사람 숫자가 꽤 되니 홍운당 북문으로 가면 큰 방을 내줄 겁니다."

"홍운당은 어떤 곳인가요?"

제갈화영이 호기심 어린 눈으로 물었다.

"청운당이 모든 손님을 모실 만큼 넓지가 못해서 말입니다. 일반 손님을 모시는 숙소지요. 그래도 녹운당 같은 하급 숙소에 비하면 지낼 만합니다."

대충 들어 보니 청운당이 귀빈급이라면 홍운당은 일반급, 녹운당은 낭인이나 일인전승 등 이렇다 할 세력이 없는 이들을 위해 주어지는 숙소인 모양이었다.

입구에서부터 이런저런 차별이 이어지긴 했지만 남궁혁은 별 생각이 없었다.

어차피 남궁장인가가 청운당에 드는 세력들하고 비할 정도가 아닌 건 잘 알고 있으니까.

"여기서 헤어져야겠네요."

"호호. 다른 문파 어르신들께 인사하고 들를게요. 들어가셔요."

제갈화영이 곱게 인사를 하고 제갈화천과 함께 청운당으로 향했다.

제갈화천은 진하와 헤어지는 게 아쉬운지 계속 뒤를 돌아보았다.

"자, 그럼 우리도 갈까?"

제갈 남매가 떠나고 남궁혁과 일행도 걸음을 옮겼다.

그들의 모습이 사라지자 악수림과 지객당의 접수원들이 쑥덕거리기 시작했다.

"대체 어떤 녀석이기에 제갈세가의 금지옥엽과 함께 다니는 거야?"

"그러게 말이야. 나이도 어려 보이는데. 쳇, 부럽기 짝이 없군."

"요새 섬서 쪽에서 좀 유명한 세가의 소가주라는 거 같던데."

"그렇다면 저 녀석도 방계 출신이라 이건가?"

"방계 주제에 저렇게 고개가 뻣뻣하다니 못 봐주겠군."

그들도 다들 어느 문파의 방계 출신들이었던 만큼 제갈화영이 사근사근하게 대하는 모습을 보고 있으니, 남궁혁이 아니꼬울 수밖에 없었다.

조건이 같아 보이는데 이상하게 대우를 잘 받거나 잘나가게 되면 더 질투가 나는 법이니까.

이들이야 어차피 무림맹 내에서 딱히 위세가 있는 이들이 아니라지만, 더 상위 직급이라고 태도가 다르리라는 기대를 하기는 어려웠다.

결국 민도영과 제갈화영이 염려했던 반응이 시작된 것이었다.

        *   *   *

홍운당에 도착한 남궁혁은 짐을 풀었다. 그들은 총 세 개의 방이 있는 별당을 배정받았다.

말이 별당이지 사실 남궁혁이 지금의 남궁장인가로 옮겨

가기 전에 살던 대장간의 집 수준이었다.

가장 좋은 방은 남궁혁과 진우가 함께 쓰기로 하고, 제일 큰 방에 기린대 다섯 명이 들어갔다.

진하는 일행 중 유일하게 여자였기에 작은 방을 혼자 쓰기로 했다.

"그래도 이 정도면 나쁘지 않은걸? 홍운당 내에서도 꽤 괜찮은 수준의 숙소네."

남궁혁은 만족스러웠다. 중소문파 사이에서도 나름 급이라는 게 존재하므로, 홍운당 숙소도 조금씩이지만 질의 차이가 있었다.

남궁장인가가 배정받은 숙소는 그래도 중상급은 되는 곳이다.

무림에서 세가의 입지가 어느 정도인지 확실히 알 수 있는 지표인 셈이었다.

세가를 세운 지 이제 겨우 삼 년. 이 정도면 나쁘지 않다고 만족스럽게 짐을 정리하고 있는데 밖에서 웬 소리가 들렸다. 누군가 찾아온 모양이었다.

곧 양 대주가 문을 열고 들어왔다.

"소가주. 무림맹의 무사가 웬 전갈을 갖고 왔습니다. 제갈 군사가 만나고 싶다고 합니다."

"제갈 소저가요?"

남궁혁은 눈을 끔뻑거렸다. 제갈화영이 남궁장인가의 참모로 들어오기로 한 건 아직 세가 내에서는 민도영 정도만 아는 사실이었다.

그런데 기린대주가 이 사실을 어떻게 알았지?

"아뇨. 제갈 소저가 아니라 무림맹 총 군사께서 만나길 원하신다더군요."

"무림맹 총 군사가요?"

이건 더 당황스러운 소리였다. 무림맹 총 군사가 왜 날 만나고 싶어 하지?

그러나 전갈을 들고 온 무사에게 물어봐도 모른다며 고개를 저을 뿐이었다.

"흐음. 총 군사라…… 제갈민 그 사람 좀 귀찮은데."

남궁혁이 작게 중얼거렸다. 제갈민은 이전 삶에서 안면이 있는 사람이었다.

정마대전이 일어났을 당시까지도 무림맹의 총 군사 자리를 맡고 있었으니까.

그때 당시 나이가 오십 전후였으니 지금은 서른 안팎일 것이다.

무림맹의 총 군사는 군사적 전략 외에 내정도 담당했다.

때문에 이전 삶에서 무림맹 보급창 장인이었던 남궁혁에게는 재료비 문제로 사사건건 귀찮게 구는 사람이라는 인식이 남아 있었다.

동전 하나 잘못 기입된 것도 용납하지 못해 보급창까지 뛰어오던 사람인데. 젊은 시절이라고 덜할 것 같지는 않았다.

그런 사람이 대체 지금의 남궁혁을 왜 부르는 걸까.

"저도 따라가겠습니다, 소가주."

"아뇨. 대주는 여기서 애들이랑 같이 기다려요. 별일 아닐 거예요."

"그래도……."

"어차피 무림맹 내인데 무슨 일이야 있겠어요. 다녀올게요."

*　　*　　　*

무림맹 인무문 안에는 평무사들의 집과 그들의 생활을 위한 기반 시설이 있고, 지무문 안에 일반적인 무림맹 업무를 위한 시설이 있다면, 천무문(天武門) 안에는 무림맹의 주요 시설들이 모여 있었다.

무림맹 총 군사 만물통사 제갈민의 집무실도 바로 그곳에 있었다.

세상 만물에 대해 모르는 것이 없다 해서 만물통사라는

별호를 받은 그를 몇몇 이들은 직각귀신이라고 부르기도 했다.

"으음…… 계속 삐뚤어지는군."

제갈민은 집무실 한쪽에 걸린 족자를 이리저리 매만지며 혼자 중얼거렸다.

어제 청소를 하는 하인이 건드렸는지 영 각도가 거슬려서 일을 할 수가 없었다.

하는 수 없이 만사 제쳐 놓고 일 각째 족자의 각도만 맞추고 있는 그였다.

무림맹의 완벽주의자, 직각귀신이라는 별호 아닌 별호를 받을 만한 기행이었다.

"아, 됐군."

드디어 족자가 제갈민의 손에서 완벽한 직각을 이루었다.

이럴 때의 희열은 제갈민에게 거의 깨달음에 가까울 정도였다.

"군사! 남궁장인가의 남궁혁을 데려왔습니다!"

"헙!"

족자의 각을 맞추는 일에 워낙 집중하고 있던 탓에 인기척을 느끼지 못했던 제갈민은 크게 놀랐다.

때문에 겨우겨우 각을 잡아 놓은 족자가 흐트러지다 못

해 끝에 살짝 주름이 잡혀 버렸다.

제갈민의 미간에도 굵은 주름이 생겼다. 그는 눈물을 머금고 족자를 걷었다.

"크흡…… 들어오라고 하게!"

곧바로 남궁혁이 안으로 들어왔다. 제갈민은 자리를 안내하면서도 불쾌한 심기를 숨기지 못했다.

자기가 불렀다지만, 아주 잠깐, 아주 잠깐만 늦게 왔어도 되는 거 아닌가!

촌각의 시간이었다면 족자를 아주 완벽한 직각으로 장식할 수 있었는데!

"저기, 무슨 일로 절 부르신 건가요?"

"아차. 내 정신 좀 보게. 미안하군. 자네가 오기 전에 그…… 약간의 불미스러운 사고가 있어서 말이야."

그렇게 말하는 제갈민의 음성에는 슬픔과 분노가 여실히 배어 있었다.

그게 족자 하나 때문인 걸 모르는 남궁혁으로서는 제갈세가에서 무슨 비보라도 전해져 온 게 아닐까 오해할 정도였다.

제갈민은 차를 한 모금 들이키고 나서야 조금 진정을 되찾았다.

"다른 게 아니고, 제갈세가를 대표해 물어볼 게 있어서 불렀네."

"말씀하세요."

"대체 뭐로 우리 조카를 홀린 겐가?"

"네?"

"화영이 말일세. 자네 때문에 지금 본가가 아주 난리가 났다고 들었네. 가주께서 섬서로 뛰어가신다는 걸 제갈세가의 체면이 있다며 어르신들이 말린 모양이던데."

이건 또 무슨 뜬금없는 소린지. 총 군사가 불렀다기에 긴장하고 왔더니 제갈화영의 얘기가 왜 나오는 건가.

"자네가 뛰어난 장인이라는 얘기는 들었지만 조카가 검에 그렇게 관심이 있는 아이도 아니고 말이야. 아무리 태양화리의 내단을 갖다 줬다지만 고작 그 정도로 덥석 자길 허락할 아이가 아니란 말일세. 세 치 혀로 얻어 내지 못할 게 없는 아이가 난데없이 남궁장인가에 몸만 갈 거고 혼수도 필요 없다고 하니 우리 가문 사람들이 얼마나 당황했는지 아는가? 아니 잠깐만 태양화리는 직접 잡은 건가?"

"예? 아, 네. 그렇습니다."

쉴 새 없이 쏟아져 나오는 말에 잠깐 넋이 나갔던 남궁혁이 얼결에 대답했다.

원래도 이 사람, 이렇게까지 수다스러운 사람이었던가?

남궁혁의 이전 삶에서는 좀 더 과묵하면서도 깐깐한 사

람이었는데.

"아니, 잠깐만요. 혼수라니요?"

"태양화리는 그 껍질이 단단하기가 이를 데 없어 검강이 아니면 흡집을 내기 어렵고 내가중수법을 쓴다고 해도 서식지의 환경이 인간을 허락하지 않아 화경의 고수가 아니면 잡기 힘들 텐데 자네 혹시 화경인가?"

"설마 제갈 소저가 저한테 시집온다고 생각하시는 겁니까?"

"그러니까 자네 화경이 맞나?"

"아, 네! 그러니까 혼수는 무슨 얘깁니까?!"

이 무림에 결혼 적령기의 남자가 나 밖에 없나? 무슨 사람들이 나만 보면 결혼 타령이야?!

남궁혁이 소리를 높이자 제갈민은 턱수염을 쓸며 혼잣말을 중얼거렸다.

"그렇군. 남궁가의 방계에서 화경이라 나이가 스물 셋인데…… 역대 스물 셋 나이에 화경에 든 고수의 숫자가 하나 둘 셋 넷…… 삼십 이 년마다 한 명씩인 꼴이구먼. 그렇다면 적어도 삼십 이 년 간 자네만 한 기재는 안 나올 테니 안심하라고 가주께 서찰을 보내야겠군."

"아니 그러니까…… 제갈 소저는 저랑 혼인하는 게 아닌데요……."

완전히 자기 세상에 빠진 제갈민을 보며 남궁혁이 울듯이 중얼거렸다.

'이 사람 이렇게까지 이상한 사람이었나? 천재들은 좀 기이한 구석이 있다더니……'

당장이라도 일어나 제갈세가주에게 서찰을 쓰려던 제갈민이 갑자기 고장 난 것처럼 움직임을 멈췄다.

그러고는 자리에 다시 털썩 앉았다.

"혼인하는 게 아니라고?"

"네에, 그러니까 저랑 제갈 소저는—"

"그러면 화영이 그 아이가 섬서는 왜 간단 말인가?"

"아이고……."

남궁혁은 차근차근 설명했다.

참모적 성격을 띤 수하의 필요성을 느꼈고, 때문에 제갈화영을 남궁장인가로 모시기 위해 태양화리의 내단을 가져갔다는 내용을 간략하게 늘어놓자 제갈민이 고개를 끄덕였다.

"그렇게 된 거였군."

"네, 그렇게 된 겁니다."

남궁혁은 하루에도 수번이나 산을 토끼뜀으로 올랐을 때보다 지금이 더 피곤하게 느껴졌다.

제갈화영도 나름 독특한 여인이라고 생각했는데. 어쩌면

그녀가 제갈세가 내에서는 가장 평범한 축에 속하는 걸지도⋯⋯.

"정신이 없어서 제대로 통성명도 못 했군. 알고 있겠지만 나는 무림맹의 총 군사 제갈민일세."

"예. 저는 남궁혁입니다."

"자네에 대해서는 잘 알고 있네. 일전에 청마일검이 맹에 들렀을 때 입에 침도 안 바르고 자네 얘기를 세 시진이나 늘어놓더군."

"아, 현암 숙부와 아시는 사이세요?"

의외였다. 남궁현암과 제갈민이 그 정도의 친분이 있다니?

가주의 동생으로서 절기를 전부 전수받기 위해 독신을 천명하고 무공에 인생을 바친 남궁현암.

그리고 무공이라고는 호신을 위한 간단한 체술과 내공심법만 익힌 제갈민.

남궁혁의 머릿속에선 이 둘이 쉽사리 연결되지 않았다.

"그럭저럭. 둘 다 가주의 동생이라는 공통점이 있으니까 말이지. 이 전 무림을 통틀어 그만큼 무복의 각을 깔끔하게 가다듬는 이도 없고."

그제야 남궁혁은 두 사람의 별호를 떠올렸다. 직각귀신과 청마일검!

깔끔하고 각 잡힌 걸 병적으로 좋아하는 두 사람이니 잘 맞을 수밖에 없다 싶었다.

"그래, 이제부터 본론을 얘기해 보지."

"본론이 아니었단 말입니까?"

"조카에 대한 얘기는 제갈세가와의 얘기고, 내가 일하는 곳은 무림맹이니까 말일세."

"그리고 저는 대장장이니까 무기를 납품해 달라는 얘기를 하시려나 보네요."

"바로 맞았네."

이럴 줄 알았지.

요새 누굴 만나기만 하면 결혼 얘기 이상으로 많이 나오는 얘기가 바로 이 얘기였다.

무림맹에 오면서도 예상은 했다.

남궁혁이 비무 대회에 참가하는 목적 자체가 다른 문파들과 친분을 쌓기 위함이니 만나는 이들에게 어느 정도 좋은 조건에 물건을 대 줄 생각도 하고 있었다.

그런데 다른 문파가 아니고 무림맹이라…….

"어떤 등급으로, 얼마나 필요하신데요?"

"무림맹에도 다양한 실력의 무인들이 있으니 종류는 일급부터 삼급까지 가릴 것이 없고, 수량은 많을수록 좋지."

"그럼 좀 기다리셔야 하는데."

남궁혁이 슬쩍 뒤로 물러났다. 무림맹이 얼마만큼의 납품을 원하는지는 모르겠지만, 지금 확답을 주면 다른 문파들과 거래할 때 선택지가 다양하지 못하니까.

"남궁세가의 납품 건 때문에 그러나?"

"그것도 있고 일반 판매 건도 만만찮고요. 저희가 무림 내에서 대장장이 문파로는 제일 큰 세력이라지만 무기를 찍어 내는 건 아니니까."

"그렇다면 신병이기 급의 무기는 어떤가?"

남궁혁이 눈을 빛냈다. 앞서 얘기한 건 어디까지나 밑밥 깔기였고, 이게 본론인 모양이었다.

"지금 남궁장인가에서 신검을 만들 수 있는 건 자네밖에 없다고 들었네."

"그게 제가 무조건 만든다고 보장할 수 있는 게 아니라서요. 재료도 까다롭고, 재료 따라서 시행착오도 여러 번 해야 하고……."

"반대로 말하자면 재료와 시간이 있다면 만들 수는 있다는 거군?"

"특별히 원하는 무기라도 있으신 겁니까?"

"그러네."

제갈민이 고개를 끄덕였다. 그리고 심각한 표정으로 입을 열었다.

"자네, 팔마흔에 대해 알고 있나?"

팔마흔(八魔痕).

그 말을 듣자 남궁혁의 눈이 크게 부릅떠졌다. 마치 벼락이라도 맞은 사람 같았다.

"설마…… 그게 돌아다닌단 말입니까? 마혈단이?"

"젊은 사람이 잘 알고 있군. 그러네. 마혈단에 중독된 자들이 발견됐네."

남궁혁이 침을 꿀꺽 삼켰다. 그 말인즉, 마교의 흔적이 발견됐다는 뜻이었다.

마혈단은 마교가 중원 침략에 사용했던 잔혹하기 짝이 없는 단약이었다.

이 약은 사람이 타고난 선천지기를 폭발시키는 데 그치지 않고, 마혈단 내의 마기와 결합시켜 검으로도 쉽게 베어지지 않는 괴물, 혈괴를 만들어 낸다.

마혈단의 악랄함은 그 대상이 전부 무공을 익히지 않은 일반인이라는 데 있었다.

지난 삶의 정마대전에서 마교는 약을 구하기 어려운 빈곤층에게 무료로 마혈단을 나누어 주었다.

사람들은 그게 병을 낫게 하는 약인 줄 알고 기꺼이 복용했다.

마혈단을 복용하고 며칠간은 마기가 혈도를 확장시키면

서 활기가 도는 듯한 착각을 주기 때문이었다.

그러나 잠복기가 지나면 이들은 모두 이지를 상실하고 피를 탐하는 혈괴가 되었다.

마교는 이들을 부려 선봉에 세웠고, 혈괴를 상대하느라 무림맹의 무사들이 지쳤을 무렵 마교의 무인들을 투입해 연달아 승리를 거뒀다.

무림맹은 이 괴물들이 어느 정도 시간이 지나면 자연적으로 힘을 잃고 쓰러진다는 것을 발견한 후에야 마교와 대등하게 싸울 수 있었다.

생각해 보니 이전 삶에도 그 괴물들에 대한 대책을 찾아낸 것이 눈앞의 제갈민이었다.

그리고 이 마혈단을 복용한 이들의 피부에 드러나는 여덟 개의 반점을 팔마흔이라 불렀다.

우후죽순 생겨나는 혈괴들을 미리 제거하기 위해 팔마흔을 가진 민간인들을 죽여야 했던 정도 무림인들의 당시 심정은 말로 표현할 수 없을 정도였다.

제갈민은 찻물을 호로록 들이킨 후 말을 이었다.

"팔마흔은 일전에도 무림에 몇 번 나타났었네. 하지만 그때는 마교의 잔당들이 갖고 있던 마혈단이 우연찮게 흑도로 넘어가 벌어진 사건이었지. 그러나 이번은 다르네."

"뭔가 특이한 점이라도 있나요?"

"원래 마혈단은 무공을 익히지 않은 이들을 대상으로 하지. 정파의 내공심법을 익힌 이들에게는 마기가 중화되어 쓸모가 없으니까. 허나 이번에는 무공을 익힌 자에게서 팔마흔이 발견됐다네."

"그게 정말입니까?"

"그것도 한둘이 아니야. 대부분 속가 무관 출신이지. 마기가 침투해 미쳐 날뛰는 걸 우연히 범오선사께서 제압하지 않았다면 우리도 몰랐을 걸세."

"그렇군요. 하긴 그 괴물은 시간이 지나면 자동 소멸하니까요."

"문제는 이걸세. 놈들이 대체 마혈단을 어떻게 개량한 건지 웬만한 검은 놈들에게 흠집도 못 낸다더군. 마치 배교의 철강시처럼 말일세."

그건 확실히 심각한 문제였다.

평범한 사람을 강시처럼 만드는 혈괴만으로도 지난 삶의 무림맹은 괴멸에 가까운 타격을 입었다.

그런데 그보다 더 위력적인 혈괴라고? 남궁혁의 얼굴이 심각해졌다.

"그래서 뭔가 방법이 있는 겁니까?"

"아까 범오선사의 얘기를 하지 않았나. 자네에게서 환귀검을 낙찰 받은 분 말이야. 그분의 검은 문제가 없었다더

군. 산 채로 사로잡기 위해서 검기를 사용하지 않으셨는데
도 말이지."

"그래서 제게 신검의 제작을 의뢰하시는 거군요."

"맞네."

"어차피 혈괴는 시간이 지나면 소멸하니까, 적당히 차륜
진으로 대향하면 될 텐데요. 굳이 그렇게까지……."

"내가 염려하는 건 놈들이 엄청난 고수에게 마혈단을 복
용시키는 경우라네. 어느 정도까지 개량을 마쳤는지 모르겠
지만, 사천 당가가 혈괴의 피를 확인해 본 결과 마기의 농
도가 상당히 짙다고 하더군."

남궁혁이 팔짱을 끼었다.

무림맹과는 좀 더 거래를 생각해 보려고 했는데, 이래서
야 도움을 주지 않을 수 없었다.

정마대전은 한참 멀었다고 생각했는데.

남궁혁이 이전 생과 다른 삶을 살기 시작한 것처럼 정마
대전에 대한 일들도 변하고 있는 걸까?

"그러니까 요약하자면, 그만한 고수가 마혈단을 복용했
을 때 무리 없이 대처할 수 있는 신검이 필요하다는 거군
요?"

"물론 아까 얘기했던 일급에서 삼급까지의 검들도 필요
하네. 언제 혈괴들이 들고 일어날지 모르니 서둘러 제대로

된 무기를 보급해 둬야지."

"흠…… 그렇다면 우선 일급에서 삼급까지의 검은 남궁
세가로 가는 물량을 일부 돌려 드릴게요."

"그게 정말인가?"

"마교가 무슨 짓을 하는지는 모르겠지만, 당장 그만한 고
수를 마혈단에 중독시키진 못할 테니까요."

"그러네. 당장은 일반인이나 하급 무사들이 중독됐을 때
대항할 수 있게 무인들을 무장시켜야지. 정말 고맙네."

남궁혁의 말에 제갈민이 화색을 띠었다. 남궁장인가로서
도 나쁜 얘기는 아니었다.

마교와 관련이 있다면 남궁현열도 이해해 줄 거고, 무림
맹에 넘기면 더 좋은 가격을 받을 수도 있으니까.

물론 무림맹에 힘을 실어 주어야겠다는 생각도 결정에
한몫을 했다.

"대신 신검 쪽은 좀 시간을 주세요. 당장 비무 대회도 참
가해야 해서요."

"물론이지. 우리도 재료를 구하는 데 시간이 들 테니까.
천천히 생각해 주게."

"이해해 주셔서 감사합니다."

얘기를 모두 마친 후 자리에서 일어난 남궁혁은 제갈민
의 집무실을 나왔다.

그의 얼굴은 더없이 심각해져 있었다.

이십 년 후에나 일어날 거라고 생각했던 정마대전이 슬슬 그 모습을 드러내고 있었다.

第五章
후기지수들과의
만남

　남궁혁은 숙소를 향해 걸어가다가 문득 발을 멈췄다.

　서쪽을 바라보고 있는 천무문이 불길처럼 타오르는 석양
에 젖어 있었다.

　오랜 역사를 간직한 무림맹의 공기를 담은 싸늘한 바람
이 그의 머리카락을 흔들었다.

　이렇게 서 있자니 그때의 긴박함이 다시 떠오른다.

　마교가 몰래 심어 둔 벽력탄이 터지면서 아름답기 짝이
없던 무림맹의 높은 누각들이 불타며 붕괴하고, 피 냄새와
살육의 소리가 바람에 뒤섞였었다.

　친분을 나눴던 무림맹의 무사들과 보급창의 수하들이 한

날 고깃덩이가 되어 바닥을 나뒹굴던 모습.

그리고 그 상황에서 아무것도 할 수 없었던 자신.

"크흡……."

마치 지독한 악몽 같은 이전 삶의 기억들. 그것들은 간혹 꿈의 형태로 나타나기도 했다.

무공을 수련하고 세가를 키워갈수록 점점 그때의 꿈을 꾸는 일은 줄어들었지만, 이렇게 그 현장에 서니 다시금 떠올리기 싫은 것들이 자연스럽게 떠올랐다.

'다시는 그런 것을 겪고 싶지 않아. 더욱 정신 차려야 한다.'

남궁혁은 주먹을 꽉 쥐곤 다시 천무문을 향해 걸음을 옮겼다.

그리고 총 군사 제갈민이 했던 말들을 곱씹었다.

'마혈단에 중독된 자들이 발견됐네.'

이전 삶의 정마대전은 남궁혁의 나이가 마흔을 넘었을 때 일어났다.

그리고 팔마흔의 등장은 남궁혁이 서른 전후일 때였다.

그 얘기를 듣고 고민하다가 무림맹의 보급창에 들어갔으니 시기는 확실했다.

그렇다면 그때에 비해 팔마흔과 혈괴의 등장이 십 년 더 빠르단 얘기였다.

'게다가 일반인이 아니라 무인에게서 그 증상이 나타나다니.'

시기만 좀 빠른 거라면 별 문제가 아닐 수도 있었다.

이전 삶의 남궁혁은 무림맹에서 일했지만 사실상 민간인이나 다름없었고, 팔마흔 같은 건 고급 정보니 그가 모르는 것도 이상하지 않았다.

원래 이때쯤 일어난 건데 무림맹이나 대문파의 수뇌부만 알고 있었던 걸지도 모른다.

그러나 하급 무사들이 마혈단에 중독됐다는 건 얘기가 달랐다.

'내가 알고 있는 사실들이 조금씩 변하고 있구나.'

왜 그렇게 된 걸까 고민하는 건 의미가 없었다.

남궁혁이 이전 삶의 기억을 갖고 있는 것부터가 이전과 다르니까.

어떤 방식으로든 남궁장인가의 성장이 많은 것을 바꾼 게 분명했다.

이미 일어난 일이라면 앞으로 어떻게 대처할지를 고민하는 게 더 중요했다.

다행히 세부적인 것들이 바뀐다고 해도 바뀌지 않는 것

들이 있다. 남궁혁은 어떤 사실들이 앞으로도 가치가 있을지를 고심하기 시작했다.

'당장 문제는 혈괴지만 이건 예전에도 해결 방법이 없었는데. 대처하는 방법 정도는 알지만…… 일단 세가 쪽에도 연락을 보내 놔야겠군.'

제갈민은 문제가 발생한 곳이 어디라고는 얘기해 주지 않았다.

그렇다면 세가가 있는 섬서도 예외일 수는 없었다.

마교의 이 공자인 백혈성이 물밑 공작을 펴던 곳도 섬서에서 그리 먼 곳이 아니니까.

'민 총관에게 연락해서 극빈층의 구제를 돕고, 약재상을 보조해서 약을 저렴하게 살 수 있도록 해야겠다. 그러면 멋모르고 마혈단을 복용하는 이들은 없겠지. 아무 약이나 사지 말라고 공고도 붙이고…….'

이정도면 직접적인 해결법은 아니었지만 어느 정도 예방은 될 터였다.

이외에도 남궁혁은 이런저런 것들을 고민하며 홍운당에 도착했다.

일단 서신을 써서 무림맹 밖 표국에 전달하는 게 급선무였다.

"어라?"

그러나 방 안에는 아무것도 없었다. 서찰을 쓸 지필묵은 물론 진우, 진하와 기린대원들도 사라진 채였다.

남궁혁과 진우의 방부터 큰 방, 작은 방까지 다 문을 열어 봤지만 있는 건 먼지뿐이었다.

"다들 어디 간 거야?"

남궁혁이 당황스러운 목소리로 중얼거렸다. 그때 하인 하나가 들어오더니 남궁혁을 보고 말을 걸었다.

"누구 찾으십니까?"

"여기를 배정받았는데 잠깐 어딜 갔다 오니까 일행들이 사라져서…… 다들 어디로 갔는지 아십니까?"

"상부에서 연락이 와서 여기 계시던 분들은 전부 청운당으로 옮겨 가셨습니다."

"상부요? 청운당? 설마?"

아무래도 남궁혁이 집무실을 나오고 총 군사 제갈민이 조치를 취한 모양이었다.

남궁세가로 들어갈 물건의 일부를 먼저 돌려 줬으니 그에 대한 보답인 건지.

"그럴 거면 미리 말이라도 해 주던가 하지. 그 아저씨도 참."

남궁혁은 투덜거리면서 청운당 쪽으로 걸음을 옮겼다. 청운당은 지객당 내에서도 높은 누각과 큰 정원을 갖고 있어서 어디서든 찾아갈 수 있었다.

　남궁장인가가 어디로 짐을 옮겼냐고 물어물어 찾아간 곳은 아담한 정원에 이 층 누각이 있는 곳이었다. 작은 연무장까지 딸려 있어 수련을 할 수도 있었다.

　방 안으로 들어가자 다른 사람들이 모여 있었다.

　"어? 사부님?"

　"나 왔어. 왜 그래?"

　진우는 뭔가 이상한 듯 남궁혁의 뒤를 힐끔힐끔 두리번거렸다.

　"오면서 진하 못 보셨어요?"

　"진하?"

　"아까 거기에 뭐 두고 왔다고 가지러 갔거든요. 사부님 오실 시간도 됐으니까 거기 있다가 모시고 오겠다고 했는데. 얜 대체 어딜 가서 뭘 하고 있는 거람."

　"길이 엇갈렸나 본데."

　남궁혁은 왔던 길을 돌아보았다. 남궁혁이야 무림맹의 건물 배치에 대한 지식이 있으니 여기까지 무리 없이 찾아왔지만, 초행인 진하는 헤맬 가능성이 높았다.

　"내가 가서 찾아올게."

　"저도 갈게요!"

　"저희도 가겠습니다."

진우와 양명이 나섰다. 그러나 남궁혁은 손을 내저었다.

"다들 여기 초행인데 진하 찾겠다고 나섰다가 미아가 여섯 명 늘면 더 골치 아파요. 진우, 그리고 기린대. 다들 여기 꼼짝 말고 있어요."

그렇게 말하고 남궁혁은 털레털레 숙소를 나섰다.

졸지에 길 잃기 쉬운 어린애 취급당한 이들 중 한 명이 문득 생각났다는 듯 입을 열었다.

"그런데 소가주께선 무림맹에 와 보신 적이 있나?"

"글쎄. 내가 알기론 초행이신데."

"길은 알고 계신 거겠지?"

모두들 걱정스러운 얼굴이 되었다. 지금이라도 같이 나가는 게 좋지 않을까?

"길은 모르시겠지만 잘 다녀오실 거예요. 사부님이잖아요?"

모두들 진우를 돌아보았다. 저 근거 없는 믿음은 대체 어디서 온단 말인가.

"하긴, 소가주님이니까."

"소가주님이라면 설령 제갈세가의 미궁에 빠져도 돌아오실 분이니까 무림맹쯤이야 별것 아니시겠지."

"맞네, 맞아."

누군가 외부인이 하나 있었더라면 대체 뭘 믿고 그렇게

안심하냐며 의아해하겠지만, 남궁장인가 사람들에게 남궁혁에 대한 신뢰는 당연한 것이었으므로 아무도 핀잔을 주는 이가 없었다.

*　　*　　*

진하는 대체 여기가 어딘지 알 수 없었다.

사부님을 모시러 가겠다며 자신 있게 청운당을 나선 것까진 좋았는데, 원래 있던 숙소에 도착하기도 전에 길을 잃었다.

홍운당은 일반 무사들이나 중소 문파들이 있는 만큼 그 넓이도 넓었고, 건물마다 개성이랄 게 없이 다 비슷비슷하게 생긴 탓이었다.

표지판이 있긴 했지만 자기가 머물던 곳이 동쪽인지 남쪽인지도 모르는 판에 도움이 될 리가 없었다.

"어이구. 예쁘장하게 생긴 계집아이구만."

"그러게 말이야. 덜 여물기야 했지만 그만큼 풋풋해 보이는데."

게다가 어느 골목에 들어서자 눈빛이 이상한 사람들이 진하를 흘겨보거나 이상한 말을 한 마디씩 건네기 시작했다.

어떤 놈들은 실실 쪼개면서 그녀의 뒤를 쫓아오기도 했다.

"누가 불러서 왔나? 흑패 놈인가?"

"흑패가 불렀다고 하기엔 너무 꼬맹이잖아. 혈랑 놈이 열세 살 정도의 계집애들을 좋아한다던데 그놈이겠지."

"얼굴은 앳되지만 가슴은 제법…… 애기야, 혈랑 그놈 말고 이 흑풍천검 대협이랑 놀지 않으련? 후하게 쳐주마."

"자네가 흑풍천검은 무슨! 흑풍견검이겠지."

질 안 좋은 낭인들이 시답잖은 말을 주고받을 때쯤, 진하는 자기가 어디 와 있는지 알아차렸다.

소속이 없는 하급 무사들과 낭인, 그리고 일인전승 낭인들의 숙소인 녹운당이었다.

인무문 안에 있는 추천소에서 나름 선별해 추천장을 써주고 있었지만 그래도 어딜 가나 이상한 놈들은 꼬이기 마련이다.

거기에 몰린 낭인의 수가 어마어마하다 보니 녹운당 내의 분위기는 갈수록 흉흉해지고 있었다.

무림맹 내다 보니 눈치를 보고 있을 뿐이었다.

오히려 맹의 하급 무사들 중에서는 녹운당 내로 들어가려는 창기들을 주선해 주고 웃돈을 받는 이들도 있었다.

"어허, 그렇게 쌩하니 가 버리지 말고 오늘 이 대협의 밑에서 앙앙 울어 보는 게 어떻느냐?"

"손 치워욧!"

털이 북슬북슬한 사내의 손이 어깨에 닿자 진하가 빼액 소리를 질렀다.

남궁혁에게 배운 체술로 그 손에 잡히기 전에 몸을 빼는 것도 잊지 않았다.

진하에게 수작을 걸던 사내들의 눈에 이채가 서렸다.

"호오, 앙칼진 맛이 있는 계집일세?"

"무공을 좀 배운 몸놀림인데. 하오문의 새끼 기녀인가?"

"머리를 안 올린 걸 보니 아직 처녀인가 본데. 이거 심 봤군."

"그러게 말이야. 하오문은 처녀를 팔기 전에 거기를 쫀쫀하게 만드는 특수한 비방을 쓴다던데―"

· 아직 열다섯도 안 된 소녀에게 놈들은 못하는 말이 없었다.

이 어린 소녀가 이런 천박한 말을 어디서 들어봤겠는가!

남궁장인가에서는 여자도 차별 없이 일하는 만큼 힘쓰는 일도 했고 고생도 했지만, 이런 식으로 자신을 욕보이는 사람은 하나도 없었다.

게다가 말하는 투가 아주 제 손바닥에 있다는 태도여서 진하는 부아가 치밀었다.

빠져나가고 싶었지만 두 사람이 절묘하게 길을 막고 있었다.

진하도 나름 보법과 신법을 연마한 무인인데. 걸레를 문 것 같은 입담을 가진 것치곤 한가락 하는 놈들인 모양이었다.

"이만 가 봐야 하니 비켜 주세요."

"가? 가긴 어딜 가. 우리랑 놀자니까."

"싫다니까요! 사람 말이 말 같이 들리지 않아요?"

"이 밤늦은 시간에 녹운당에서 혼자 털레털레 흘리고 다니면서 무슨 귀한 집 소저처럼 굴기는."

사내들은 귀를 후비적 파고선 귀지를 혹 부는 등 온갖 추잡한 짓을 마다하지 않았다.

"귀찮은데 대충 제압해서 들어가자고."

"그럴까?"

말이 떨어지기 무섭게 사내의 손이 진하의 가슴으로 향했다.

"꺄악!"

진하가 비명을 내뱉으며 신형을 뒤로 물렸다.

그걸 기다렸다는 듯 다른 쪽을 점하고 있던 사내가 뒤를 파고들어와 진하의 가는 허리를 낚아챘다.

"거 대협께서 말로 할 때 고분고분 안길 것이지."

"내려 놔, 이 미친놈아!"

진하가 버둥거리며 몸을 빼내기 위해 애를 썼다.

그러나 아무리 주먹을 쥐고 때려도 사내들은 꼼짝도 하지 않았다.

"에잇!"

최후의 수단으로 진하가 사내의 어깨를 꽉 깨물었다.

"이 년이!?"

순간 머리에 열이 뻗쳤는지 놈이 진하를 땅에 패대기쳤다.

"좀 고분고분하게 만들어야겠군."

"그것도 좋지."

놈들은 무자비하게 발길질을 시작했다.

퍽! 퍽! 퍽! 진하는 몸을 움츠리고 반격을 꾀하려 했지만 여의치 않았다.

대련이라면 수도 없이 했건만, 실전 경험이 없어 몸이 굳은 것이다.

깔끔한 각법이라면 빠져나갈 여지가 있었겠지만 무차별적인 발길질이라 더욱 그랬다.

'제발 누구라도 도와줘! 사부님이나, 오라버니나, 제갈소협이라도……!'

반격조차 제대로 못하는 자신의 한심함에 눈물이 찔끔

나려고 할 때, 어디선가 사내들을 노리고 매서운 검풍이 날아왔다.

쌔애애액!

가슴을 서늘하게 만드는 소리에 사내들이 헛바람을 집어 삼키며 뒤로 물러섰다.

"웬 놈이냐!"

그러자 지붕 위에서 두 명의 인영이 뛰어내렸다.

"무림맹 내에서 여인을 강제로 납치해 취하려고 한데다가 그 상대가 이렇게 어린 소녀라니. 들키면 어쩌려고 이러는 거지?"

"제정신이 아닌 놈들이군."

그늘 밖으로 나온 두 청년은 딱 봐도 기도가 남달랐다.

한 명은 눈매가 매섭고 무뚝뚝하게 생겼고, 다른 한 명은 엄청난 미남자였다.

"웬 놈들이냐니까!"

"어라. 저거 멍청이들인가? 들키면 큰일 날 일을 들키게 한 사람들인 걸 보고도 모르나."

"뭐?"

"풀어서 설명을 해도 못 알아듣네."

백옥 같은 얼굴의 남자는 절레절레 고개를 흔들며 혀를 찼다.

"말을 이해 못하는 걸 보니 짐승인가 보군."

"아무렴, 짐승이지."

진하는 욱신거리는 몸을 일으켰다. 갑작스럽게 난입한 저 두 사람 덕분에 발길질이 멈췄다. 그 사이에 서둘러 빠져나가야 했다.

"가긴 어딜 가!"

진하가 도망치는 걸 눈치 챈 놈이 손을 뻗었다. 아니 뻗으려 했다.

청년들 중 매서운 눈매를 가진 이가 순식간에 앞을 가로막았다.

그리고 남자의 팔을 반대로 뚝 꺾어 버렸다.

"으아악!"

"이 놈이!"

다른 한 명이 허리춤에 차고 있던 도의 손잡이를 잡았다.

그러나 도가 반쯤 도갑을 빠져나왔을 때 예리한 발차기가 도날을 후려쳤다.

챙강!

"히이익!"

그제야 자신들이 상대할 수 없는 고수라는 걸 깨달은 놈들이 후다닥 도망쳤다.

다행히 청년들은 그들을 뒤쫓지 않았다.

진하는 멍하니 그 청년을 바라보았다. 자신은 손도 못 썼는데 단숨에 놈들을 제압하다니.

"괜찮아요, 꼬마 소저?"

살가운 인상의 미청년이 다가와 진하를 일으켰다. 그리고 소매 어디선가 깨끗한 손수건을 꺼냈다.

"귀여운 얼굴이 엉망이네. 닦아요."

"아, 감사합니다."

그때 하늘에서 쩌렁쩌렁한 소리가 들려왔다.

"진하야!"

"사부님!"

"이 놈들이 감히 내 제자한테—!!!"

남궁혁은 눈에 쌍심지를 켠 채 검을 뽑았다. 검에서 시퍼런 검기가 줄기줄기 뽑혀 나왔다.

일 장 밖에서 진하의 비명 소리와 이상한 놈들의 목소리를 듣고 바람같이 달려온 것이다.

다만 청년들이 질 나쁜 놈들을 쫓는 것이 조금 빨랐던지라, 남궁혁은 그들을 단단히 오해한 채 검을 내질렀다.

얼굴 곱상한 청년이 진하를 감싸고, 눈매가 매서운 이가 도를 뽑았다.

콰앙—!

검기와 도기가 부딪치며 대기가 찢어지는 것 같은 소리

가 났다.

그 여파가 얼마나 컸는지 순식간에 주변이 뿌연 모래 먼지에 휩싸였다.

남궁혁과 상대는 그 반동으로 인해 뒤로 물러나야 했다.

공중에서 제비를 돌아 착지한 남궁혁은 미간을 찌푸렸다. 상대는 결코 만만치 않았다.

'내 검을 막아?'

날카로운 눈매를 가진 청년도 마찬가지였다.

그는 큰 충격파로 인해 진동이 멈추지 않는 제 도를 내려다보며 미간을 모았다.

'이 정도의 내력이라니……?'

그러나 두 사람은 곧바로 자세를 바로잡았다.

그 빠른 동작에서 서로의 실력을 가늠할 수 있었다. 상대는 만만치 않은 실력자였다.

"사부님! 오해예요! 이분들은 절 구해 주셨어요!"

두 사람이 다시 부딪치려는 순간, 진하가 그들 사이로 뛰어들었다.

"뭐? 그치만 분명 이상한 말을 지껄이는 놈들이 있었는데—"

"그 놈들은 이분들이 해치워주셨어요."

"이 꼬마 소저의 말이 맞으니 두 사람 다 무기를 내리는 게 좋겠군요."

미청년의 말에 상대가 도를 집어넣었다. 남궁혁은 그제
야 상황을 파악하고 고개를 숙였다.

"죄송합니다. 상황을 모르고 급하게 검을 빼 들었네요."

"그럴 수도 있죠. 이렇게 어여쁘고 어린 제자가 위험에
빠져 있는데 사부라면 당연히 그럴 수밖에. 괜찮습니다."

"검은 내가 받고 생색은 네가 내나."

미청년이 어깨를 으쓱이자 인상이 날카로운 이가 눈을
흘겼다.

"제 제자를 구해 주셨다니 진심으로 감사드립니다. 진하
야, 인사하거라."

"두 분 다 감사합니다! 저기, 은인의 존함을 알고 싶습니
다."

여인으로서 견디기 힘든 일을 당할 뻔했는데도 진하는
의연하게 그들의 이름을 물었다.

"내 이름은 은태림. 이쪽의 무뚝뚝한 녀석은 팽천룡이에
요, 꼬마 소저."

"은태림이라면…… 매화전장의? 그렇다면 옆의 분은 팽
가의 소가주?"

"그리고 그쪽은 아마 남궁장인가의 남궁혁이겠죠?"

청년들의 예상외의 정체에 남궁혁이 놀라자, 은태림이

태연히 물었다.

"나를 알고 있습니까?"

"요새 무림에서 가장 유명한 사람 중 하나를 모른다는 건 천하의 돈을 움직이는 매화전장의 후계자로서 부끄러운 일이죠."

좀 전까지 오해로 인해 칼부림을 했던 건 전혀 신경 쓰지 않는 태도였다.

싱글싱글한 얼굴을 보아하니 원래도 좀 유들유들한 성격인 모양이었다.

"이번 비무 대회에 올 거라고 생각은 했지만 예상보다 일찍 만났네요. 천룡, 너도 인사해."

은태림의 말에도 팽천룡은 고개만 까딱하며 인사했다.

"시비 거는 건 아니니까 오해는 마세요. 이 녀석, 원래 이렇게 무뚝뚝하니까."

"괜찮습니다. 그럼 먼저 가 보겠습니다."

"그래요. 제자 분이 많이 놀랐을 테니까 어서 들어가서 쉬게 하세요."

남궁혁은 진하의 손을 붙잡고 녹운당을 빠져나갔다.

은태림은 계속 뒤를 돌아보는 진하에게 가벼이 손을 흔들어 주었다.

남궁혁과 진하가 골목 너머로 사라지자, 은태림이 나지

막하니 물었다.

"어땠어?"

"검은 소문 이상이더군."

"그가 가진 검이 말이야, 아니면 실력이 말이야?"

"둘 다."

목소리는 심드렁했지만 팽천룡은 남궁혁이 사라진 자리에서 시선을 떼지 못했다.

그의 눈에서 남궁혁에 대한 흥미를 읽은 은태림이 씩 웃었다.

"친하게 지내고 싶은 모양이네."

"별로."

"관심은 가잖아. 지금까지 네 검을 정면으로 받아 낼 수 있는 또래는 당경민뿐이었으니까. 얼굴에 호기심이 가득한 게 보인다고."

"……너는 그런 점이 기분 나쁘다."

"어이쿠, 무서워라."

은태림은 짐짓 겁이라도 먹은 듯 몸을 움츠렸다. 팽천룡은 그런 친구의 행동이 우습지도 않다는 듯 콧방귀를 뀌었다.

"그저 녀석에게 해야 할 말이 있을 뿐이다. 천택이 때문에 빚이 있으니까."

"아아, 맞다. 천택이가 저자에게 큰코다쳤다고 했었지. 어차피 곧 만나게 될 테니까. 어떤 녀석인지 더 알아볼 기회가 있겠지. 그나저나 녹운당 놈들의 질이 이렇게까지 나쁠 줄은 몰랐는데."

은태림은 짙은 어둠에 휩싸여 가는 녹색 지붕들을 바라보며 중얼거렸다.

이놈 저놈한테 다 추천장을 발급해 주고 있다지만 저런 놈들까지 정도 무림맹의 한 귀퉁이에 들어와 있다니 이상한 일이었다.

"수상쩍군."

"내 생각도 마찬가지야. 뭔가 일어날 것만 같은걸."

두 청년은 좀 더 둘러보고 가자며 녹운당의 그림자 속으로 몸을 옮겼다.

한편 청운당으로 돌아가던 남궁혁은 진하에게 잔소리를 늘어놓고 있었다.

"내가 처음에 출발할 때 뭐라고 했어. 세가에서 멀리 떠나는 건 처음이니까 절대 무리에서 이탈하지 말고, 어딜 갈 때면 꼭 진우와 함께 다니라고 했지."

"……죄송해요. 잘못했어요."

진하는 고개를 푹 숙이고 중얼거렸다. 목소리에는 물기

가 배어 있었다.

남궁혁은 아차 싶었다. 험한 꼴을 당할 뻔한 애한테 위로
는 못할망정 쏘아붙이는 꼴이라니.

그때 진하의 다리가 눈에 들어왔다. 이상하게 절뚝거리
는 것이 다친 모양이었다.

"어떤 놈들이 우리 귀한 진하를 이렇게—! 어휴, 업혀
라."

"아니에요. 괜찮아요."

"어서 업히라니까."

남궁혁이 재차 재촉하자 진하가 머뭇거리다가 남궁혁의
등에 올라탔다.

진하를 업는 건 참 오랜만의 일이었다. 처음 남궁혁의 제
자가 되었던 어릴 때는 진우도 진하도 자주 업고 다녔다.

특히 몸이 약했던 진하는 업을 일이 많았다.

도시로 나들이를 갔다 올 때면 늘 다리가 아파서 못 걷겠
다고 하는 바람에 한 팔로 진하를 업고, 한 손으로는 진우
의 손을 잡고 돌아오곤 했다.

그때 등에서 쌔근쌔근 잠든 진하의 숨소리를 들으며 곱
고 예쁜 것만 보여 주어야지 다짐했는데.

무림맹이라 안전할 거라고 생각했던 자신이 한심했다.
괜히 데려왔나 후회도 들었다.

그때 진하가 작은 목소리로 그를 불렀다.

"사부님."

"왜 그래?"

"사부님이 그때 우릴 구해 주지 않았다면, 저도 이런 데서 몸을 팔고 있었을까요?"

"뭐?"

딸이나 다름없는 제자의 입에서 나온 소리에 남궁혁은 뜨악했다.

"무슨 소릴 하는 거야. 너흰 진령상단에 있었잖아. 왜 그런 생각을 하는 거야?"

"오라버니는 똑똑하니까 상단에 도움이 됐겠지만, 저는 별로 똑똑하지도 않고. 장인 일도 곽은 언니만큼 잘하지도 못하고…… 흑……."

진하의 작은 머리가 등에 폭 기대는 느낌이 났다. 훌쩍이는 소리와 함께 기댄 머리가 들썩거렸다.

속으로 이런 생각을 하고 있었나. 남궁혁은 깊게 한숨을 쉬었다.

그러곤 조용히 자신의 어린 제자를 달래기 시작했다.

"진하야. 네가 오고 나서 우리 집이 얼마나 웃음이 많아졌는지, 그로 인해서 나와 부모님이 얼마나 행복했는지 네가 모르는구나."

"흑…… 제가 사부님을…… 행복하게 만들었어요?"

"매일 아침마다 밝게 문안 인사하지, 귀엽게 재롱도 떨지. 말은 투덜거려도 시킨 건 꼬박꼬박 성실하게 잘 해 두지. 사부로서 너 같은 제자를 뒀다는 건 행운이란다."

"피이—, 거짓말."

진하가 입을 삐죽거렸다. 그래도 말에는 웃음기가 배어 있었다.

울다 웃으면 엉덩이에 털 나는데. 남궁혁은 키득거리면서도 짐짓 근엄한 목소리로 말했다.

"네 사부를 못 믿는다 이거야?"

"설마요. 세상에서 제일 믿어요."

"그러면 내 말을 믿어. 너는 세상에서 가장 소중한 아이란다. 내게도 그렇고, 진우에게도 그렇고, 우리 부모님에게도 그렇지."

"정말요?"

"그럼. 우리 진하가 부족하다고 하는 사람이 있으면 이 사부가 가서 때려 주마."

그 말에 진하의 어깨가 들썩였다. 이번에는 울어서가 아니라 킥킥 웃어서였다.

언제나 든든하기 그지없는 우리 남매의 사부님. 대체 이 은혜를 어떻게 다 갚을 수 있을까.

진하는 눈물을 닦고 씩씩하게 외쳤다.

"아뇨. 대신 무공을 더 가르쳐 주세요! 그런 사람은 제가 직접 때릴래요!"

"그래그래. 장래 남궁장인가의 여고수가 될 사람답네."

진하의 대답이 마음에 들었는지 남궁혁이 시원스럽게 웃었다.

두 사제의 명랑한 웃음소리가 무림맹의 밤하늘 사이로 퍼져 나갔다.

*　　*　　*

청운당에 도착하자 진우와 기린대원들이 전부 문 앞에서 서성거리고 있었다.

남궁혁이 진하를 찾는 게 생각보다 오래 걸린 탓에 방에 들어가서 쉬지도 못하고 그들을 기다린 것이다.

그들은 진하가 지객당을 헤매다가 무슨 일을 당할 뻔했는지에 대해 듣고는 격분을 토했다.

진우도 진우였지만, 진하를 여동생처럼 아껴온 기린대원들의 분노는 놀랄 정도였다.

놈들을 찾아 죄를 묻겠다며 뛰쳐나가려는 것을, 남궁혁이 자기는 또 미아 찾기 할 힘이 없다며 뜯어 말려야 할 정도였다.

"에고— 지친다."

남궁혁은 새로 배정받은 숙소의 방으로 들어갔다.

그의 짐은 진우가 이미 옮겨서 정리까지 말끔히 해 둔 상태였다.

덕분에 남궁혁은 깨끗한 이부자리에 털썩 누워 쉬기만 하면 됐다.

"무림맹에 도착하자마자 정신이 없군."

무림맹 총 군사가 남궁혁을 찾질 않나. 거기서 마교에 대한 얘기를 듣지 않나.

여기에 진하의 일과 팽천룡, 은태림과의 예기치 않은 만남까지.

남궁혁은 이불 위에 드러누워 아까 일 검을 나눴던 상대, 팽천룡을 떠올렸다.

아무리 갑자기 검을 뽑아 든 거라지만 남궁혁은 그 검에 삼 성의 공력을 실었다.

웬만한 사람이었다면 검이 부서지고 그대로 남궁혁의 앞에 무릎을 꿇었으리라.

그러나 팽천룡은 정면으로 부딪쳐 남궁혁의 검기를 상쇄시켰다.

당가의 당경민과 함께 차기 천하제일인을 다툰다더니.

과연 허명이 아니었다.

남궁혁은 팽가와 인연이 있었다. 인연이라면 인연이고 악연이라면 악연.

무한에서 제갈화영과 만나기 위한 일환으로 화영방을 풀어 나가다가, 태청장원에서 팽천택과 만나 그를 쓰러트렸으니까.

게다가 멀게는 남궁혁의 친척 누이 남궁옥의 구혼자이기도 했다.

다른 자리에서 먼저 만났다면 딱히 좋게 생각할 이유가 없는 상대였다.

'그래도 진하를 구해 준 건 고마운데 말이지. 사실 난 그쪽을 싫어할 이유도 없고.'

그보다는 그의 묵직한 도를 한 번 더 상대해 보고 싶다는 마음이 앞섰다.

한 수.

딱 한 수였지만 팽천룡이 보여 준 팽가의 도법은 동생인 팽천택의 것과 비교할 수 없을 정도로 수준이 높았다.

"어차피 그도 비무 대회에 참가할 테니까 운이 좋다면 한 번 정도는 검을 겨룰 수 있겠지. 아이고, 피곤해라."

남궁혁은 몸에 힘을 빼고 눈을 감았다. 아직 식사도 하지 않았지만 당장은 잠을 자고 싶었다.

그때 기린대원 하나가 밖에서 남궁혁을 부르는 소리가 났다.

"좀 쉬려는데. 또 뭐야?"

남궁혁은 그답지 않게 일어나 문을 벌컥 열면서 소리쳤다.

문 앞에는 화사하게 단장을 한 제갈화영이 서 있었다.

"어머, 죄송해요. 쉬는 걸 방해했나 봐요? 피곤하시면 그냥 갈까요?"

그녀는 평소의 깔끔한 무복이 아니라 은은한 비단으로 만든 궁장을 입고, 얼굴에는 옅게 화장도 하고 있었다.

밋밋한 무복만 걸치고 있어도 아름다운데 이렇게 차려입고 나니 보는 사람이 황홀할 지경이었다.

"큼큼. 무슨 일입니까?"

"아직 식전이시면 저랑 함께하시지 않겠어요?"

"식사 초대입니까?"

"비슷한 거죠."

남궁혁은 잠깐 고민하다가 고개를 끄덕였다.

제갈화영이 쓸데없는 일로 그를 찾지는 않았을 테니까.

"그러면 잠깐만 기다려 주세요."

"뭘 하시려고요?"

"옷을 좀 갈아입을게요."

"옷을?"

"제갈 소저가 그렇게 어여쁘게 입고 오셨는데. 제가 먼지 묻은 무복을 입고 갈 수는 없잖아요?"

남궁혁은 그렇게 말하고 문을 닫았다.

밖에 서 있던 제갈화영은 조금 놀란 얼굴이었다.

대부분의 무인들은 이런 상황에서 무인으로서의 자존심을 세운답시고 지저분한 무복을 고수하는데.

그게 어떤 이들에게는 사내다운 모습이라 여겨지는 모양이었다.

그러나 기껏 단장한 여인의 눈에 너저분한 모습은 그저 무례하게 비칠 뿐이었다.

게다가 남궁혁은 무인이기 이전에 험한 일을 하는 대장장이라 그런 것은 기대를 하지 않고 왔는데.

웬만큼 교육을 잘 받은 문파의 후계 못지않게 예의 있는 모습이었다.

잠시 후 남궁혁은 새 무복으로 옷을 갈아입고 나왔다.

아까의 것은 몸의 편함만 생각한 것이었다. 오래 입어서 낡고 찢어진 것을 기운 자국도 있었다.

반면 이 무복은 남궁혁의 어머니 소연화가 비무 때 입으라며 직접 바느질해 준 옷이었다.

고급스러운 남색 비단에 검은 실로 수를 놓아 깔끔하면

서도 은은한 무늬가 돋보였다.

게다가 흐트러진 머리까지 깔끔하게 빗어 다시 묶고 나온 모습이 그야말로 어딘가의 귀공자 같았다.

전혀 기대치 않았던 모습에 제갈화영은 간질간질한 기분을 느꼈다.

곱게 분칠한 뺨은 옅은 복숭앗빛으로 물들었다.

"남궁 공자. 평소에도 그렇게 다니시면 여인들이 줄을 설 텐데요. 호호."

"어휴. 무서워서라도 이러고 다니면 안 되겠네요. 가실까요?"

남궁혁은 적당히 농을 섞으며 앞장섰다.

두 사람은 청운당을 나서 지무문으로 향했다.

늦은 시간이었지만 비무 대회 참가자들은 통행에 제한이 없어서 두 사람은 무리 없이 밖으로 나갈 수 있었다.

상금 규모가 역대 최고인 후기지수 비무 대회를 맞아 사람들이 몰린 덕분에 지무문 밖은 그야말로 잔치 분위기였다.

사람들이 잔뜩 몰려온 덕에 객잔들은 문전성시를 이뤘고, 주변 지역에서 몰려온 상인들이 저마다 좌판을 깔고 장사를 하기 바빴다.

"참 활기차네요."

"그러게요."

"이렇게 늦은 시간에 밤거리를 걷다니. 꿈만 같은 일이에요."

밤바람이 살랑 불어와 제갈화영의 머리카락이 사르르 흩날렸다.

어디선가 날아온 꽃잎들이 결 좋은 머리카락에 살포시 내려앉았다.

남궁혁은 그 꽃잎을 무심코 떼어 주며 물었다.

"제갈 세가가 많이 엄한가 봐요. 무한은 밤거리도 활기차서 여인들도 잘 돌아다니던데."

"그게 아니라 제 체질 때문에요. 밤만 되면 손발이 얼어붙을 듯 차서 화로 근처를 벗어날 수 없었거든요."

아, 맞다.

남궁혁은 그녀가 구음절맥으로 오랫동안 고생해 왔다는 걸 떠올렸다.

주어진 천수를 다 누리지 못하고 그 체질로 인해 혈관이 얼어붙으며 죽었어야 할 운명.

그랬던 제갈화영은 남궁혁이 가져온 태양화리의 내단 덕분에 새로운 삶을 얻었다.

시원한 밤바람을 즐기고 자유로이 세상을 오고 갈 수 있는 몸이 되었다.

그런 기회를 가져다준 이에게 호감이 생기지 않을 수 없었다.

"아직 완치가 된 건 아니지만, 이렇게 자유를 누릴 수 있는 건 다 남궁 공자 덕분이에요. 정말 감사합니다."

"뭘 새삼스럽게……."

그저 선의에서 한 일이 아니라 목적이 있는 일이었기에 남궁혁은 감사를 받는 게 머쓱했다.

"어?"

시선을 피하며 좌판을 둘러보는 척하던 남궁혁은 한 곳에서 시선을 멈췄다.

"왜 그러세요?"

"잠시 만요. 저기, 이거 얼맙니까?"

남궁혁이 좌판에서 집어 든 건 은으로 된 비녀였다.

별다른 보석 같은 건 박혀 있지 않았지만, 섬세하게 세공이 들어간 아름다운 물건이었다.

"은 한 냥만 주시면 됩니다, 소협."

남궁혁은 품을 뒤져 은자를 꺼내 값을 치렀다.

제갈화영은 내심 기대하며 비녀를 빤히 바라보았다.

아름다운 여인이 옆에 있고, 그녀와 함께한 남자가 비녀를 샀다.

그렇다면 옆에 있는 여인에게 선물하려고 산 것이 아니

겠는가.

물론 화려한 장신구를 좋아하는 제갈화영의 취향에 맞는 물건은 아니었다.

그래도 남궁혁이 준다면 제갈화영은 곱게 간직할 생각이었다.

그러나 비녀는 상인이 건넨 비단 조각에 싸여 남궁혁의 품속으로 들어갔다.

"그럼 갈까요?"

"……누구한테 선물이라도 하시려나 봐요?"

제갈화영이 참지 못하고 물었다.

"세가에 두고 온 사람이 있어서요."

"어머, 정인인가요?"

"아뇨. 그런 건 아니고. 제가 늘 신세 지는 사람이죠."

"민도영 총관을 얘기하시나 봐요."

"맞아요. 그 사람이 없었다면 지금의 남궁장인가는 없었을 테니까."

민도영을 생각하는 남궁혁의 눈빛이 애틋해졌다.

규모가 더 커진 남궁장인가를 혼자 이끄느라 지금쯤 얼마나 고생이 많을까.

괜히 자기 고집 때문에 안 그래도 바쁜 사람을 더 힘들게 하는 건 아닌지 걱정이었다.

'도착했다는 서찰을 쓸 때는 밥도 잘 챙겨먹고 잠도 꼭 자라고 써서 보내야겠군.'

제갈화영은 괜히 부아가 치밀었다. 지금까지 단 한 번도, 자신을 눈앞에 두고 다른 여자를 생각하는 남자는 본 적이 없었다.

게다가 남궁혁은 자신이 처음으로 호감을 가진 이성이었다.

'대체 어떤 여인이기에 그러는 거지?'

제갈화영도 민도영에 대해서 알고 있었다.

남궁장인가의 참모로 가겠다 결정한 이후, 세가에 대해서 많은 정보를 모았으니까.

민도영.

남궁혁이 직접 영입한 첫 번째 수하이자 지금까지 그를 묵묵히 뒷받침해 온 남궁장인가의 실세.

과거 황실의 한림원에 있다가 질시와 당파 투쟁으로 인해 낙향하였고 얼마 후 남궁혁의 오른팔이 되었다.

용모파기만 보았을 때는 이렇다 할 특징이 없는 수수한 미인이었다.

남궁혁이 왜 저런 비녀를 골랐을지 알 수 있을 정도로.

'그래도 사람은 직접 보고 판단해야지.'

제갈화영은 민도영에 대한 판단을 보류하기로 했다.

총관으로서의 재주는 둘째치고서라도, 사람의 매력은 글자 몇 개로 파악할 수 없는 거니까.

제갈화영은 태어나서 난생처음 느끼는 질투라는 감정을 살포시 누르고 사르르 웃었다.

"제가 어서 가서 일을 도와 드려야겠네요. 그래야 총관도 부담을 덜고, 세가도 균형이 맞지 않겠어요?"

"그러면 저야 좋지만. 우선은 완쾌하는 데 신경을 쓰세요."

제갈화영이 무슨 생각을 하는지도 모른 채 남궁혁은 사람 좋은 미소를 지어 보였다.

"그나저나 저희 식사는 어디서 하는 건가요?"

"다 왔어요. 저기예요."

제갈화영이 가리킨 곳은 이 주변에서 가장 크고 화려한 주루였다.

두 사람은 객잔 안으로 들어섰다.

그런데 좀 이상했다. 다른 객잔이나 주루는 모두 문전성시를 이루고 있었는데, 가장 큰 객잔인 이곳에는 사람이 별로 없었다.

제갈화영은 이곳에 몇 번 와 본 듯 자연스럽게 후원으로 향했다.

후원에는 넓은 연못이 있었고, 다리로 연결된 다섯 개의 정자가 연못 위에 떠 있었다.

젊은 남녀들이 각 정자에 열댓 명씩 앉아 담소를 나누고, 점소이들은 음식과 술을 나르느라 분주히 움직였다.

연못가에선 고운 옷을 차려입은 악사들이 듣기 좋은 음악을 연주하고 있었다.

뭔가 의도가 있어서 같이 나가자고 한 건 예상했지만 이런 곳에 올 줄이야.

"대체 여긴 뭡니까?"

"오늘 후기지수 모임이 있거든요. 신무회라고 들어보셨나요?"

"신무회라 하면…… 설마?"

제갈화영은 남궁혁이 생각하는 그것이 맞다는 듯 고개를 끄덕였다.

현 무림에는 후기지수를 분류하는 다양한 구분이 있다.

검을 쓰는 이들 중 가장 뛰어난 여덟 명을 부르는 후기지수 팔검.

오대세가 연합 내의 젊은 고수들을 부르는 말인 오성좌(五星座).

구파일방과 기타 중소 문파의 청년들을 일컫는 은하십성 등.

그러나 무엇보다 가장 널리 알려진 것은 강호구룡과 강

호팔화였다.

무림맹이 창설될 당시 만들어진 신무회의 정회원들을 일 컫는 말이다.

십오 세 이상 삼십 세 이하 정파 후기지수들의 단체인 신 무회는 오 년마다 투표를 통해 정회원의 자격을 주었다.

남자와 여자를 각각 여덟 명씩 뽑고, 당대 회주를 한 명 뽑는다.

이번 신무회는 당가의 당경민이 회주를 맡고 있기 때문 에 남자가 한 명 더 많으므로 강호팔룡이 아닌 강호구룡이 된 것이다.

강호팔화에는 지금 옆에 있는 제갈화영은 물론이고 남궁 옥도 들어 있었다.

모용청연은 언니인 모용청경이 있어 팔화에는 들지 못했 다.

한 문파에 한 명만 정회원이 될 수 있다는 규칙이 존재하 기 때문이다.

그래도 그녀 또한 충분히 정회원의 대우를 받는 회원이 었다.

어찌 됐건 무림 내에서 여러모로 인정받는 후기지수들만 초대받는다는 그 모임에 제갈화영이 남궁혁을 데려온 것이 다.

"아직 비무 대회가 시작하기까지 시간이 좀 남아서 그런 가. 회원들이 많이 안 왔네요. 원래 백여 명 정도는 모이는 데."

제갈화영이 정자 중 하나로 건너가며 중얼거리자 몇 사람이 그녀를 알아보고 자리에서 일어났다.

"제갈 소저. 어서 오십시오."

"옆의 소협은 누구십니까? 처음 보는 것 같은데요? 어디 문파 소속이지?"

"남궁장인가의 남궁혁입니다. 잘 부탁드립니다."

남궁혁이 포권을 취하며 인사를 건넸지만 그들은 탐탁찮은 눈으로 남궁혁을 흘겨보았다.

"제갈 소저. 아무리 그래도 회원이 아닌 사람을 데려오면 어떡합니까?"

"어머. 정회원은 모임이 있을 때 추천 회원을 데려올 수 있다고 알고 있는데요."

"회규에 그런 조항이 있습니까?"

"다들 잘 안 데려오니까 모르나 보네요. 회규 사십사 항이 조에 있으니까 확인해 보세요."

천기신녀라 불리는 재녀가 장담을 하고 나서자 다들 그런 조항이 있나 보다 하며 넘어갔다.

무림 최고의 후기지수들 모임이라더니. 여기도 상당히

폐쇄적인 집단인 모양이었다.

남자들이 머쓱하게 물러나자 이번에는 신무회의 여성 회원 몇 명이 다가왔다.

"안녕하세요. 해남의 허설아라고 해요. 말씀 많이 들었어요."

"화산의 오하린이에요. 그 유명한 대장장이 맞으시죠?"

한껏 배타적이었던 남자들에 비해 여자들은 싹싹한 태도로 남궁혁에게 다가왔다.

그중 허설아는 적극적으로 남궁혁과 대화를 트며 제 자리로 이끌었다.

"해남에 유은하 장인이 계신 건 아시죠? 유 사숙께서 소협의 실력을 무척 궁금해하세요."

"정말입니까? 영광이네요."

자연스럽게 이어지는 대화에 남궁혁이 그녀의 자리로 가려고 할 때, 제갈화영이 그 사이로 끼어들었다.

"이쪽으로 오세요, 남궁 공자. 신무회의 정회원들을 소개시켜 드릴게요."

그러고는 자연스럽게 남궁혁의 손을 붙잡고 다른 정자로 이끌고 갔다.

허설아와 오하린. 그리고 다른 여 회원들의 시선이 마주 잡은 두 손으로 향했다.

아무리 무림인이라지만 혼인도 안 한 처자가 남자의 손을 덥석 잡다니?

그걸 모종의 표시로 생각했는지 허설아와 오하린은 얌전히 제자리로 돌아갔다.

제갈화영이 남궁혁을 공공연하게 제 남자라 선언한 것이나 다름없었으니까.

아무리 구파일방, 오대세가의 후기지수들이라지만 그들 사이에서도 엄연히 급이라는 게 있었다.

문파의 평범한 후계자인 그녀들이 제갈화영의 남자를 감히 넘볼 수는 없었다.

그녀와 견줄 수 있는 다른 팔화라면 모를까.

제갈화영이 남궁혁을 이끌고 데려간 정자에는 일곱 명이 앉아 있었다.

그들 중 두 명은 남궁혁도 아는 얼굴이었다.

"여기서 또 만나네요."

"은 소협, 팽 소협."

은태림이 먼저 아는 체를 하자 남궁혁이 포권을 취해 보였다.

팽천룡은 아까와 마찬가지로 남궁혁을 힐끗 보고는 고개를 돌렸다. 그래도 무시를 하는 것 같지는 않았다.

"제갈 소저. 오랜만입니다."

팽천룡의 맞은편에 앉은 남자가 제갈화영에게 인사를 건 넸다.

사갈 같이 쭉 찢어진 눈이 인상적인 사내였다.

"당 소협. 오랜만에 뵈어요."

"그런데 저쪽은 누굽니까? 처음 보는 얼굴이군요."

"회주께 소개를 시켜드리려고 모셔 왔어요. 남궁장인가 의 소가주 남궁혁 공자랍니다. 신무회의 회주이자 당가의 후계자인 당경민 소협이에요."

"아아, 그쪽이 그 말로만 듣던…… 남궁 소협이군요. 앉 으세요."

당경민이 의미심장하게 남궁혁을 바라보았다.

남궁혁은 난감할 지경이었다. 제갈화영이 아무것도 모르 는 건가?

이 자리에 있는 팽천룡이나 당경민이나. 남궁혁으로서는 둘 다 불편한 대상이었다.

남궁혁이 어색하게 빈자리에 앉았다. 당경민의 시선이 계속 따라붙어서 영 불편했다.

그의 눈빛에는 마치 물비린내가 나는 것처럼 사람을 불 쾌하게 만드는 뭔가가 있었다.

그 분위기를 눈치 챈 은태림이 끼어들었다.

"회주. 남궁 소협에 대해서 좀 아나 봅니다?"

"그가 일전에 당가에 방문한 일이 있었습니다. 저는 그때 가주님과 잠시 당가타를 떠나 있어서 직접 얼굴을 보지는 못했지만. 나중에 식솔들로부터 얘기를 전해 들었지요."

모두들 당경민의 말에 귀를 기울였다. 이 자리에 있는 모두는 남궁혁이 대장장이라는 것을 알고 있었다.

그리고 다들 대문파의 후계이다 보니 지난 해 사천 당가에서 무슨 일이 일어났는지도 대충은 알았다.

"호오, 정말 당허정 어르신의 일이 남궁 소협과 관련됐던 건가 봐요?"

모두들 눈치만 보고 있는 사이 은태림이 넉살 좋게 물었다.

당경민은 별로 기분 나쁜 내색 없이 고개를 끄덕였다. 팽천룡은 그저 묵묵히 술잔만 비울 뿐이었다.

"그 일 이후로 우리 당가도 많이 반성을 했지요. 당 숙부께서는 장인으로서 실력을 향상시키기 위해 폐관에 들어가셨답니다."

"그랬군요."

"남궁 소협께서 혹시라도 당가의 일에 마음 쓰고 계셨다면 그러지 않으셔도 됩니다. 실력 있는 자가 승부에서 이기는 건 당연하니까요."

당경민은 웃으며 남궁혁을 대했다. 아까의 물비린내 나

는 시선은 온데간데없었다. 남궁혁이 잠시 착각을 한 모양
이었다.

'차기 제일인으로 거론될 만큼 배포가 크다더니. 정말 괜
찮은 사람이네. 자기 가문의 치부를 저렇게 담대하게 넘어
가다니.'

어색한 분위기를 예상했던 남궁혁으로서는 다행인 일이
었다.

다른 문파들과 친분을 다지기 위해 결정한 무림맹 행이
었으니까.

그때 남궁혁의 귓가에 나직한 목소리가 들려왔다.

"그래도 경수 그 녀석도 참 어리석지. 남궁장인가도 당당
한 무림문파이니 비무로 승부를 겨루면 될 것을. 괜히 술내
기니 장인 대결이니를 해선. 쯧쯧."

"예?"

역시. 착각이 아니었다. 마치 물뱀이 노려보는 것 같은
시선.

"별말 아닙니다. 아우가 조금만 머리를 썼더라면 지금쯤
모용 소저를 아내로 맞았을지도 모른다는 생각이 들어서 말
입니다. 괘념치 마십시오."

괜찮은 놈인 줄 알았더니. 완전 독사 같은 놈이네.

남궁혁은 혀를 찼다. 당경민은 남궁혁의 대장장이 실력

을 인정하는 척하면서, 남궁혁의 무공 실력은 폄하하고 있었다.

당경수가 남궁혁과 무공으로 겨뤘다면 절대지지 않았을 거라고 돌려 말하고 있지 않은가.

"술맛 떨어지는군."

잠자코 혼자 술잔을 기울이던 팽천룡이 잔을 소리 나게 탁 내려놓았다.

그러고는 불만스러운 얼굴로 자리에서 일어나 정자를 떠났다.

은태림이 괜히 머쓱해 변명을 늘어놓았다.

"저 녀석 또 왜 저래. 남궁 소협, 신경 쓰지 마세요. 원래 저런 녀석입니다."

"그래요. 팽 소협은 신경 쓰지 말고 우리끼리 한잔합시다."

당경민이 모두에게 잔을 권했다.

아까까지는 독사처럼 혀를 놀리더니 순식간에 분위기를 주도하다니.

하긴. 원래 친목이라는 게 다 그런 거 아닌가. 어차피 당가의 이 정도 견제는 예상하고 있던 바였다.

처음에 당경민이 너그러운 척하다가 뒤통수를 치는 바람에 당황했을 뿐이었다.

"남궁 소협. 신무회에 처음 오셨으니 제 잔을 받으시지요."

당경민은 그렇게 말하며 자신의 잔에 술을 따랐다. 그 모습을 보던 은태림이 속으로 중얼거렸다.

'저 자식. 또 시작했군.'

겉으로 보이는 아량 넓은 모습과 달리 당경민은 그 사천 당가 내에서도 유독 속이 좁았다.

같은 후기지수라는 이유로 어릴 때부터 그와 어울렸던 은태림은 당경민이 얼마나 뒤끝이 심한 인사인지 잘 알고 있었다.

거기에 신무회 회주직을 맡고서는 또 하나의 나쁜 버릇이 생겼다.

바로 신입 회원의 무공 수위를 시험하는 것이다.

잔에 술을 가득 따른 당경민이 손등으로 술잔을 때렸다.

다양한 물건에 내력을 담아 암기로 사용하는 사천 당가의 잡기술(雜器術)이었다.

우스워 보이지만 이걸 제대로 받아 내지 못하면 내상을 입을 수도 있었다.

보통은 술잔이 깨지거나 술이 터져 폭발하는 정도에 그친다.

그러면 신입 회원은 옴팡 술을 뒤집어쓴 채 망신살을 뻗

치게 된다.

그러나 당가와 남궁혁의 악연을 생각하면 쏜살같이 날아가는 저 술잔에 담긴 내력이 그렇게 우스울 리 없었다.

모두의 시선이 남궁혁에게 집중된 가운데.

남궁혁의 손이 빠르게 움직여 제 앞의 젓가락을 집어 들었다.

그리고 젓가락을 마치 검처럼 움직여 날아오는 술잔의 궤적을 막아섰다.

당경민의 내력이 담긴 술잔이 남궁혁의 젓가락을 따라 팽이처럼 빠르게 회전했다.

대연군림검의 검식을 펼쳐 술잔에 담긴 내력을 부드럽게 흘려 낸 것이다.

술잔이 힘을 잃고 부드럽게 떨어졌다.

모두의 시선이 남궁혁의 손바닥에 부드럽게 안착하는 술잔을 보고 있을 때, 은태림은 다른 것을 찾았다.

'잔에 들어 있던 술은 어디 갔지?'

술의 행방은 멀지 않은 곳에 있었다. 아까까지만 해도 하늘하늘 바람에 날리던 당경민의 머리카락에서 술이 방울져 뚝뚝 떨어지고 있었다.

술잔이 팽이처럼 돌아갈 때 그 회전력을 이용해 당경민에게 술을 부어 버린 것이다.

아무렇지 않게 당경민의 잔을 받아 내고 심지어 되돌려 주기까지 한 남궁혁을 보며 모두가 말을 잃었다.

무림의 양대 후기지수 중 한 사람의 암기술을 아무렇지도 않게 받아 낸 데다가, 내력 운용의 섬세함은 한수 위라는 것을 보여 주었으니까.

남을 골탕 먹이려다가 오히려 술을 뒤집어쓴 당경민은 분을 삼키며 눈을 부라렸다.

"아무래도 제가 마실 술은 여기 없는 것 같군요."

남궁혁은 빈 잔을 힐긋 보고는 자리에서 일어났다.

"전 이만 일어나죠. 제갈 소저, 전 먼저 들어가겠습니다. 조심히 들어가세요."

"앗, 잠깐만요. 남궁 소협!"

모두들 말을 잃은 자리에서 은태림만이 남궁혁을 따라 자리에서 일어났다.

두 사람이 정자를 떠난 후. 다른 회원들은 술에 축축이 젖은 채 분노를 다스리고 있는 당경민의 눈치를 보다가 하나둘 자리에서 일어났다.

"저희는 다른 분들하고 인사 좀 나누고 올게요."

"저도 잠시 다녀오겠습니다."

슬그머니 사람들이 떠나고, 혼자 남게 된 당경민도 결국 분을 이기지 못하며 자리에서 일어났다.

한편, 정자에서 제일 먼저 떠났던 팽천룡은 주루의 지붕 위에서 홀로 술을 마시며 모든 상황을 지켜보고 있었다.

"역시. 내가 잘못 본 게 아니었어."

그의 시선이 후원을 빠져나가는 남궁혁을 향했다.

〈다음 권에 계속〉